DEUX JOURS À TUER

Né en 1963, François d'Epenoux est écrivain et scénariste. Il est l'auteur d'un essai et de plusieurs romans, dont *Deux jours à tuer*, adapté au cinéma par Jean Becker, et *Même pas mort*.

Paru dans Le Livre de Poche :

LES PAPAS DU DIMANCHE

FRANÇOIS D'EPENOUX

Deux jours à tuer

ÉDITIONS ANNE CARRIÈRE

ISBN : 978-2-253-12471-9 – 1re publication LGF

à Laurence

« Je veux me demander pourquoi tu m'as fait ça et pourquoi le plaisir que je prends à te suivre est si grand. »

A. Gesbeusat.

1.

Rien à dire sur la vie d'Antoine Méliot. Nul n'ignorait qu'il avait une femme ravissante, trois enfants magnifiques dont un bébé adorable, des amis de longue date, une maison dans les Yvelines meublée avec goût, une cuisine équipée et un métier bien payé. Tout ça vous pose un quadragénaire en début de quarantaine.

Rien à dire sur la vie d'Antoine, sinon qu'en ce vendredi soir d'octobre, seul dans sa voiture parmi des millions d'autres, notre homme n'avait qu'une idée. Non pas foncer droit vers la mer et fuir le plus loin possible, comme l'aurait exigé la lâcheté la plus élémentaire. Non pas précipiter sa vie contre le premier platane venu et ainsi contrevenir aux lois de son Eglise – laquelle, en guise de représailles, veut que dans ce cas-là on n'ait droit ni aux fleurs, ni aux couronnes, ni même au carnet du jour du *Figaro*. Mais surgir à l'heure du dîner dans la cuisine équipée de sa maison des Yvelines et, par dégoût de lui-même, de ce qu'il avait engendré et de ce qu'il allait trahir, massacrer à coups de hache, de grille-pain, de plateau à fromages ou de n'importe quoi, ses enfants magnifiques et sa ravissante femme. Au fond de lui, l'araignée noire venait de sortir une patte.

Le fait est que, dans la chambre qu'Antoine occupait enfant, il y avait, juste au-dessus du lit, un trou. Un trou noir et béant, creusé dans le plâtre, un gros œil sombre et fixe qui crevait le papier peint et observait Antoine du matin au soir. Ce trou abritait une araignée velue, une de ces robustes araignées de maison qui sont toujours là quand on ne les attend pas. Pas vraiment menaçantes. Pas vraiment dangereuses. Mais là. Déployées, en étoile. Irréfutablement présentes et immobiles, d'une immobilité qui seule suffit à effrayer tant on ne sait jamais quand, et dans quelle direction, l'insecte aura décidé, soudain, d'y mettre fin.

Dans le cas de l'araignée noire de la chambre d'Antoine, c'était moins sa taille qui impressionnait que sa sensibilité au moindre bruit et à la moindre vibration du mur. Que sa mère l'appelât pour le dîner, et c'était une patte qui, aussitôt, jaillissait du trou. Qu'il effleurât le mur en reposant son livre sur la table de chevet, et c'était l'abdomen qui, cette fois, surgissait, jusqu'à gonfler l'orbite d'un globe inquiétant. Mais que le raffut durât, que le dérangement persistât, et alors les choses prenaient un mauvais tour, le cyclope, dans ce cas, se mettant d'un seul coup à battre de ses longs cils – huit cils articulés bien ventousés au mur. Le temps de cet effroyable clin d'œil, Antoine trouvait refuge à l'autre bout de la pièce – un coin à l'abri des regards, dont il ne sortait que longtemps après, une fois le trou redevenu, sinon vide, du moins vide de toute expression.

Un jour, Antoine eut l'occasion d'en finir avec l'araignée noire. L'écraser dans son jus comme un grain de raisin. L'exterminer à grands jets d'insecticide. Boucher son repaire. L'enfumer. Elle était à sa merci. Mais il n'en fit rien. Au courage il préféra l'accoutumance. Et, pour le restant de ses jours, décida d'une façon générale que la discrétion et le silence valaient mieux que le bruit inutile et les coups dans les murs. Faute de quoi on ne sait jamais quand, et de quel tréfonds, risque de surgir l'araignée que l'on vient de réveiller.

A l'entrée du pont de Saint-Cloud, c'était pire que jamais. Comme chaque vendredi soir, Paris venait de connaître une éruption d'une violence inouïe. Du ventre du volcan étaient montées mille rivières incandescentes qui, après avoir investi chaque artère de la capitale, avaient eu tôt fait de se rejoindre à ses portes pour y former d'hallucinants fleuves de lave.

Sous le ciel grondant, rougeoyant, sali de fumée âcre, plus rien ne bougeait à présent. Tout seul à son volant parmi la multitude incarcérée, Antoine venait de se mettre à pleurer. Fidèle à sa nature, il pleurait discrètement – à peine eût-on remarqué que de légers soubresauts secouaient ses épaules et, par moments, son quintal tout entier – mais il pleurait franchement, abondamment. Il pleurait sur son propre cas et sans la moindre honte. Il pleurait toutes vannes ouvertes, comme on se soulage, comme on pisse ou comme on jouit, à gros sanglots tièdes, à s'en flétrir les joues, à s'en gonfler le nez, à s'en vider l'âme. Il pleurait comme un gosse. Ce qu'il voulait, en vérité, c'était se laver de l'intérieur une bonne fois pour toutes et y voir plus clair, aussi bien en lui qu'autour de lui. Ses larmes l'y encourageaient, qui inondaient ses yeux et dont l'effet de loupe lui donnait enfin la claire vision de ce qu'il n'avait su voir jusqu'à ce jour : sa femme pas assez aimée, choyée, adorée ; ses enfants, jamais assez embrassés ; et même sa petite vie monotone et bourgeoise. Toutes choses dont il mesurait le prix à l'heure même où il s'apprêtait à les abandonner.

Tout dire. Voire tout plaquer. A peine trois heures auparavant, au cours de leur habituel déjeuner du vendredi en tête à tête dans l'arrière-salle du bistrot de la rue de Sèvres où ils avaient leur table depuis plus d'un an, Marion avait été claire sur ce point. Etait-ce le minuscule changement dans sa mise – un rien dans la façon de maquiller ses yeux verts, d'écarter une mèche brune de son front, ou peut-être ce pull cannelle à col en V porté à même la peau ? Etait-ce la façon qu'elle avait eue de poser sa main sur celle d'Antoine en laissant doucement son pouce aller et venir au creux de sa paume Toujours est-il que, plus que jamais, la jeune femme avait su se montrer convaincante. Et qu'à l'heure du choix posé à Antoine, c'est peu de dire qu'elle avait mis dans la balance le poids de ses appâts et de ses arguments :

« Antoine, ça ne peut plus durer.

— Quoi donc ?

— Tu le sais bien. Cette situation, évidemment. Nos rendez-vous clandestins. Nous deux, planqués dans l'arrière-salle de ce bistrot. Ce... ce mensonge constant, tout ça ne peut plus durer.

— Et pourquoi ? Où est le mal ?

— Le mal ? »

Comme toujours, l'atmosphère était électrique dans ce café de quartier. Vrombissements de percolateurs, mises en garde de serveurs brandissant assiettes de frites et demis, commandes au comptoir et rires de clients, tous ces bruits et ces voix fusaient comme l'éclair sous des nuages de fumée en se répercutant à l'infini dans les miroirs des murs. Marion s'était alors mise à parler plus fort, sans que l'on sût distinguer dans ce haussement de ton ce qui tenait de la colère ou du souci d'être bien entendue.

« Le mal, Antoine, c'est que la situation est telle qu'elle est et que l'on n'y peut rien, ni toi, ni moi. C'est comme ça. Mais il se trouve que je connais Cécile depuis la terminale et qu'il m'est très pénible de me retrouver en porte à faux vis-à-vis d'elle. Je te l'ai souvent répété, n'importe qui d'autre, je ne dis pas, mais elle...

— Ce n'est pas toi qui lui mens. C'est moi.

— Ne dis pas ça. J'y ai ma part autant que toi. »

Seule la crainte de voir des têtes se tourner à la table voisine le dissuada de s'emporter. Il garda sa voix de truand en cavale.

« Mais enfin, Marion, que veux-tu que je fasse ? Que je rentre chez moi et que je lui balance tout, d'un seul coup ? Après tout, on est heureux, Cécile et moi. Pourquoi voudrais-tu que j'aille tout gâcher, juste pour soulager ma conscience, et la tienne avec ?

— Toi, heureux ? Tu es plus doué pour le plaisir que pour le bonheur.

— C'est probable. Mais laisse-moi mes illusions.

— Antoine, tu ne m'as pas comprise. Ou tu lui parles, ou on arrête là. »

Antoine était pudique. Pas timide, mais pudique. Il n'avait jamais été un dragueur ordinaire, collectionneur de conquêtes ou amateur de trophées. Les femmes, il les aimait et les respectait bien trop pour cela. A la vérité, il les aimait à un point tel qu'il ne leur pardonnait rien. Et cette intransigeance, cette crainte qu'elles ne soient pas à la hauteur de ce qu'il attendait d'elles, cette manière de ne rien leur passer justement parce qu'il admirait tout en elles prenait parfois les apparences de la misogynie la plus sévère – d'autant plus sévère qu'il considérait la beauté physique comme la seule injustice absolue à être encensée en ce bas monde. Reste qu'il ne se passait pas un jour, il ne se trouvait pas une couverture de magazine ou une publicité de lingerie sans qu'il fût absolument stupéfait de leur splendeur. A tel point que chaque jolie femme croisée dans la rue provoquait chez lui une sensation ambivalente où se mêlaient deux sentiments contraires : l'émerveillement jubilatoire de la trouvaille et, *au même moment*, la détresse d'une perte inexorable, la conscience que le trésor à peine déniché allait disparaître au coin d'un immeuble, déjà happé, perdu, perdu pour toujours, comme les millions de femmes qu'il n'approcherait jamais, qu'il ne séduirait pas, dont il n'attraperait rien sinon un regard, un sourire, un parfum, une jambe repliée à l'avant d'une voiture, le claquement de talons sur les dalles, un souvenir avant même une présence.

Marion, c'était autre chose. Elle était là. Pour lui. Rien que pour lui. A l'énoncé de son ultimatum, Antoine chercha une issue. Il entendit vaguement Jean-Pierre, le serveur, leur demander à tous deux « si ça avait été » et s'ils désiraient un dessert. Puis il imagina ce que serait sa vie sans elle, sans cette femme dont chaque parole et chaque geste valaient de l'or. L'arrivée des deux parts de tarte au chocolat le sauva de l'écroulement. Il n'eut pas le temps de saisir son assiette qu'une première cuillerée disparaissait déjà dans la bouche de Marion, fronçant à peine la chair soyeuse de ses lèvres avant d'en ressortir, immaculée. Pas un homme attablé n'avait manqué la scène.

« Marion ?

— Hmm ?

— Tu me donnes quel délai ?

— Lundi.

— En gros, tu me laisses le week-end pour détruire ma vie.

— C'est ça.

— Juste deux jours à tuer. Et ma famille avec.

— On peut voir les choses comme ça.

— Et si je refuse ?

— Je te le répète, c'est moi qui dirai tout.

— C'est du chantage ?

— Absolument.

— Tu n'as pas honte ?

— Non, Antoine. Pardonne-moi de te le rappeler, mais c'est toi qui as décidé de rompre avec ta vie. Je t'entends encore me dire que tu allais tout quitter. Partir. Que c'était mieux comme ça. C'étaient tes mots. Tu le sais bien. Tu sais aussi que tout ça se fera avec moi. Alors je te le demande encore une fois avec le plus de douceur possible : clarifie la situation tant qu'il en est encore temps. »

Les derniers mots de Marion ricochèrent sur un front bas, souligné d'une barre de sourcils entêtés. Antoine, visage baissé, triturait nerveusement une boulette de mie de pain. C'était sa façon à lui de montrer sa désapprobation sous prétexte de réflexion. Marion lui caressa la joue.

« Excuse-moi. J'ai été maladroite.

— Mais non. C'est toi qui as raison. Seulement, tout ça, c'est plus facile à dire qu'à faire, voilà tout. Je peux te dire qu'il faut vraiment avoir quelque chose dans le froc.

— De ce côté-là, je ne m'inquiète pas.
— A la bonne heure. »

« Ah, mais ! »

Cécile s'en voulut immédiatement d'avoir remis Lise à sa place aussi vertement. Etendue, le nombril à l'air, celle-ci fixait maintenant sa mère avec dans ses yeux de bébé une expression absolument outrée. Cécile en fut quitte pour un baiser mouillé de larmes dans le cou dodu de l'enfant. Puis, le geste brusque et les dents serrées, elle continua de mettre sa petite dernière en pyjama, non sans en maudire les chapelets de boutons-pression.

Il faut dire que chaque bruit de moteur l'arrêtait net. Chaque faisceau de phares l'attirait à la fenêtre, au risque de voir Lise, par l'une de ces reptations dont elle avait le secret, dégringoler de la table à langer et se casser ses premières dents. Aussi, quand elle eut fini, Cécile préféra-t-elle descendre de ce poste de vigie pour regagner le rez-de-chaussée en ordonnant aux deux grands, sans que cela souffrît la moindre protestation, d'aller mettre le couvert pour cinq, des fois que papa arriverait enfin.

Après tout, songeait-elle, c'était peut-être mieux comme ça. Au moins le comportement d'Antoine au cours de ces derniers mois allait-il trouver un début d'explication. Son irritabilité, ses sautes d'humeur, ses rêveries soudaines, ses explications balbutiantes. Sans compter ses retards permanents. Elle sourit tristement. C'est fou ce qu'il y avait eu, ces derniers temps, comme « rendez-vous professionnels à l'improviste », comme « réunions de dernière minute », comme « embouteillages monstres » sur l'autoroute de l'Ouest...

Au feu rouge de Pontchartrain, le portable sonna sur le siège du passager. Antoine rangea sa voiture sur le côté.

« Oui ?

— C'est moi. Je tombe mal ? Tu as une drôle de voix. »

C'était Paul. Antoine l'aurait reconnu entre mille.

« Franchement, ça pourrait aller mieux. Le week-end s'annonce difficile. Mais je suis content de t'entendre.

— Où es-tu ?

— A Pontchartrain.

— Tu rentres chez toi ?

— C'est bien ça le problème.

— Comment ça ?

— Ce serait trop long à t'expliquer. J'ai préféré ne rien te dire. Il faudra qu'on en parle à tête reposée.

— Et pourquoi pas maintenant ?

— Parce que ce n'est pas le moment.

— Bon, écoute, tu en as trop dit ou pas assez. Maintenant, explique-moi ce qui ne va pas. En quelques mots. Pas besoin de me faire un roman.

— Tu l'auras voulu.

— Attends, je baisse la télé. »

A l'autre bout de la ligne, Antoine entendit trois pas craquer sur le plancher et une musique de western baisser d'un ton – pas assez à son goût. Une pluie fine, éclairée par les phares, constella le pare-brise. Par réflexe, il enclencha les essuie-glaces qui se mirent à balayer les gouttes dans un petit ronronnement électrique. Ce va-et-vient régulier hypnotisa Antoine pendant quelques secondes, le temps pour Paul de reprendre la ligne.

« C'est bon, je t'écoute. »

C'était faux. Il ne pouvait écouter ni même entendre quoi que ce fût. La télévision marchait encore beaucoup trop fort. Meurtri qu'on ne lui accordât pas une oreille plus attentive, Antoine laissa Paul à ses attaques de diligence et, sous le prétexte d'une ligne saturée, il raccrocha.

Après l'autopont de Pontchartrain, il laissa filer tout droit, sur la nationale, les breaks majestueux et pleins d'enfants peignés que des mères méritoires conduisent à bon port dans quelque spacieuse maison du Morbihan entourée d'hortensias, de chiens de race et de bicyclettes couchées dans l'herbe au retour de la plage ; il laissa également s'échapper vers Montfort ces hauts 4 × 4 climatisés que conduisent d'une main les coquettes en racontant sur leur portable leurs courses parisiennes ; et il prit sur la droite La Queue-les-Yvelines, direction Garanville, comme chaque soir de la semaine.

Non, il ne garderait pas le cap sur l'océan, histoire d'embarquer sur un cargo de fortune, au fond d'une très romanesque soute à bananes. Il ne sacrifierait pas au panache du suicide, mort romantique s'il en est, que seuls les lâches considèrent comme une lâcheté. Car il lui fallait en passer par des aveux en règle avant de rejoindre Marion et se libérer ainsi définitivement. Les phares de la Volvo trouaient maintenant la nuit en un double éventail et ses feux arrière rouges laissaient derrière eux une traînée de comète. Rien ne semblait pouvoir arrêter cette voiture plaquée à son itinéraire comme un train à ses rails. Villages et bouts de forêt étaient traversés à vitesse constante. Des gens pouvaient indifféremment s'accoupler ou s'égorger dans les maisons, des cerfs combattre dans les sous-bois pour une femelle mâchonnante, des sangliers se vautrer dans leur souille en grognant de bonheur, des cèpes énormes pousser sous les feuilles mortes et des satellites se télescoper dans l'espace, Antoine passait sans rien vouloir savoir. Il rentrait chez lui. Il osait rentrer chez lui.

2.

Village typique des Yvelines, Garanville sentait bon sa barrière de paddock, son portail automatique et son Range-Rover flambant neuf. Ici, entre volets laqués de blanc, piscines bleu azur et gazons à l'anglaise, on louait le côté authentique de « ce coin de campagne, avec des vaches, des vraies, et tout ça, à une demi-heure du pont de Saint-Cloud ». A l'instar des Parisiens qui, en vacances dans le Lubéron, se damneraient pour être admis dans une partie de pétanque locale, on était plus fier d'être tutoyé par le boulanger que de monter à cheval en compagnie de tel ministre ou tel capitaine d'industrie. Dans les brocantes, avec des airs de comploteur, on se poussait du coude à la vue d'une table de boucher « absolument géniale, complètement dans son jus et négociée à douze mille ». Enfin, il était de bon ton d'avoir les ailes avant de sa grosse berline légèrement maculées par une giclée de boue : cela montrait que le chemin était long qui séparait la maison de son portail. Sauf quand le véhicule en question était décidément trop crotté et possédait à l'arrière deux grandes roues crénelées ainsi qu'une herse de labour, auquel cas, pour saluer sans se méprendre, il convenait de distinguer d'un seul coup d'œil le péquenot du coin du grand propriétaire terrien.

Comme beaucoup de quadragénaires de sa génération, Antoine avait fui Paris avec femme et enfants. Trop de stress, trop de pollution, trop de crottes de chien. Il payait ce choix en allers et retours quotidiens effectués aux heures creuses, l'agence de publicité où il officiait comme directeur de clientèle n'étant pas, heureusement pour lui, regardante sur les horaires.

Sa longère retapée n'était ni la plus grande, ni la plus petite du village. A l'extérieur, les pierres anciennes affleuraient à travers un enduit sable, les arbres fruitiers venaient de chez Poullain et la piscine brillait, oui, mais par son peu d'ostentation. Quant à l'intérieur, Cécile l'avait meublé avec un goût exquis quoique un peu surfait, directement emprunté aux magazines de déco à la mode : teintes pastel, ocres passés et bois décapés, cloisons savamment patinées, poutres apparentes mais pas cirées – loin des maîtres des lieux l'idée de faire rustique –, vieux Chesterfield râpé à souhait, dalles de récupération venues de Houdan et adorables chambres remplies d'objets « dégotés pour rien dans les vide-greniers des alentours ». Ça n'en était pas moins une maison vivante, avec des dessins d'enfants aimantés sur le frigo, des jouets semés un peu partout, des canards en plastique sur le rebord de la baignoire et des cabinets où s'entassaient des exemplaires hors d'âge de la « Série noire ». Entre ces vieux murs restaurés, tout concourait à un dépaysement qui confinait souvent au prosélytisme, l'important étant de convaincre les Parisiens de passage que là, et là seulement, résidait la vraie vie. Et qu'au seul crépitement d'un feu de cheminée on était bien loin de cette capitale qu'ils allaient mettre deux heures à rejoindre en subissant les affres de l'autoroute de l'Ouest.

Rien de clinquant dans ce confort paisible. Seulement un mode de vie choisi, respirant le calme, l'espace, la nature et surtout cette retenue qui est le véritable apanage de l'aisance bien portée.

A la maison, les enfants avaient dîné dans un silence de mort. Même les mimiques de Lise, qui entamait tout juste son biberon, n'étaient pas parvenues à dérider quiconque. Alice et Vincent avaient vidé leur assiette et raclé leur yaourt sans demander leur reste. En faisant semblant de ne pas remarquer que, par intermittence, leur maman ôtait, d'un index furtif, une de ces petites larmes que les cils savent si bien retenir à la merci du moindre battement de paupière.

Rêveuse, Cécile regardait se dissoudre le cachet effervescent qu'elle venait de laisser tomber dans un verre d'eau. A la lumière des événements, les souvenirs remontaient à la surface, s'imbriquaient les uns dans les autres pour ne former qu'une seule logique. Comme cette fois où, sur une simple remarque de sa femme – il était rentré à minuit, sans prévenir –, Antoine était entré dans une colère noire, hurlant à l'asphyxie, à la tyrannie domestique, à la routine, poussant son numéro jusqu'à fracasser contre un mur la petite chaise Empire qu'il aimait tant... Et cet autre soir où, puant l'alcool, et tandis qu'elle avait eu le malheur de lui en faire le reproche, il avait cru bon d'éventrer d'un coup de poing une porte de placard, avant de disparaître, en T-shirt et les phalanges en sang, pendant deux longues heures, dans le froid de janvier...

Autant de démonstrations dans lesquelles la violence, Cécile s'en rendait compte maintenant, avait trouvé sa forme la plus spectaculaire. Car, comme par hasard, ce n'était pas n'importe quelle chaise qu'Antoine avait projetée contre le mur, mais l'une des plus fragiles de la maison. De même que ce n'était pas n'importe quelle porte qui avait fait les frais de son ire subite, mais une porte Isoplane, de celles qui ne demandent qu'à céder sous le choc pour peu qu'on les frappe fort et sans hésitation. Maintenant qu'au fond du verre le petit disque blanc avait fini de se dissoudre, une question ne cessait de tourmenter Cécile : quelle sorte de jouissance infantile pouvait motiver Antoine quand il mettait ainsi en scène de tels débordements, dignes d'une mauvaise bagarre de saloon ?

Il y eut un ballet de chaussons et de robes de chambre. Les deux aînés s'appliquaient à débarrasser la table avant de se dérober à la vue de Lise, restée seule avec sa mère. Sans y croire, celle-ci s'approchait régulièrement de la fenêtre, mais rien, rien ne venait, rien ni personne. Moins par devoir que pour s'occuper, elle entreprit de réchauffer un dîner pour celui qui, maintenant, ne devait plus tarder. Elle se brûla. C'est toujours dans ces moments-là que l'on se brûle. Les objets profitent de notre vulnérabilité pour frapper en traître. Comme les humains, ils sont capables d'une incroyable méchanceté.

En franchissant le panneau annonçant Garanville, Antoine eut le sentiment que son village l'attendait avec une sorte d'hostilité. A huit heures du soir, portails et volets étaient clos, et les trottoirs plus déserts encore que d'habitude. La nuit seule régnait, trouée de lampadaires recréés à l'ancienne. En outre, malgré la chaleur diffusée dans l'habitacle de la voiture, il avait froid. Ses doigts glissaient sur le cuir du volant sans pouvoir s'y agripper. Son cœur battait la chamade, sa gorge était sèche mais son dos, trempé. Il hésita. Faire demi-tour ? Rouler encore un peu ? Il en était encore à se poser la question lorsqu'il arriva devant le portail. L'automatisme des gestes, sans doute. Il tremblait d'angoisse. On n'a pas idée d'avoir aussi peur devant sa propre maison. A la fenêtre de la cuisine, une ombre s'esquiva.

En sortant de la voiture, Antoine emplit ses poumons du bon air d'octobre où se mêlaient en une même odeur de terre grasse les derniers soleils de septembre et les premiers givres de décembre. Il faisait bien plus frais qu'à Paris.

Les jambes flageolantes et le cœur cognant plus fort qu'au seuil d'un examen oral, il entra dans la maison côté jardin. S'essuyer les pieds, comme si de rien n'était, le rassura. Sitôt la porte ouverte, un exquis fumet de potage familial flatta à la fois ses narines et son orgueil de jeune patriarche. Les enfants jouaient là-haut. Cécile leur avait déjà donné le dîner. Il marqua le pas, tenta de s'annoncer par le joyeux « C'est moi » qu'il avait coutume de lancer chaque soir en arrivant, puis préféra y renoncer de peur que sa voix ne le trahît d'emblée.

« Baba ?... »

C'était Lise. Assise dans son minuscule transat rayé, elle venait d'interrompre la succion du biberon qu'elle tenait, haut levé, devant elle. Le temps qu'Antoine s'agenouillât à ses pieds ainsi qu'on le fait devant une divinité, elle avait replongé la tétine dans sa bouche avec la concentration d'un trompettiste de jazz qui craint de rater la mesure.

« Salut, mon soleil. »

Il était ébloui. Il la regarda comme s'il la voyait pour la première fois. Lise, il ne s'en lassait pas. Il ne refermait jamais la porte de sa chambre sans un petit pincement au cœur. Deux heures sans Lise, deux heures sans les notes de sa boîte à musique, c'étaient deux heures de trop. Le temps d'une sieste interminable, il voyait les barreaux de son petit lit de bois comme ceux d'une prison dont il fallait la délivrer. Car tout, dans cette petite perle, provoquait en lui l'adoration. Ses boucles rousses, son front bombé ; ses yeux bleus où quelques rayons d'or, étoilant chaque pupille, composaient la plus rare des éclipses doubles ; ses bras d'ange potelé ; ce pli que les bébés possèdent entre le dos de la main et le poignet ; ses tortillements imprévisibles, démonstrations de force ponctuées de babils plus ou moins stridents ; sa façon soudaine de fixer, avec un sérieux d'orfèvre, tel bouton de manchette ou boucle d'oreille ; son parfum de savon, de peau satinée ; jusqu'à ses hurlements, à rendre fou n'importe qui, mais qu'Antoine considérait, béat, comme la preuve d'un caractère bien affirmé. Non, il ne s'en lassait pas de sa petite troisième. Pas plus qu'il ne se lassait d'Alice et de Vincent dont il entendait, à l'étage, les échanges houleux. La robuste constitution de ces enfants, leurs corps déjà lourds, leurs bras, le soir, autour de son cou constituaient à ses yeux autant de raisons tangibles d'aimer follement la vie sans trop se poser de questions.

« Baba... »

Pas question de rester là. Il fallait agir. Cécile avait sûrement entendu le bruit du moteur et devait maintenant se demander ce qu'Antoine fabriquait. Il se leva à regret – ses genoux craquèrent – et quitta le salon où Lise avait repris son solo de trompette.

La porte de la cuisine était entrebâillée. Un rai de lumière s'en échappait. Antoine y aventura un pied. S'arrêta. Il ne pouvait aller plus loin. Ses jambes ne le portaient plus. Il s'appuya au mur. Reprit ses esprits. Pivota sur lui-même et décida de gagner du temps en faisant un détour par la salle de bains.

L'eau fraîche lui fit du bien, mais pas assez pour affronter sans risque l'épreuve de la cuisine. Un répit supplémentaire s'imposait. Il monta à l'étage. Voir ses enfants était vital. Auprès d'eux, il allait se ressourcer. Et prendre des forces avant de redescendre.

« Coucou, les p'tits loups ! »

C'était bien sorti, presque naturellement. Antoine s'en félicita. La réponse en chorus, immédiate, mécanique, le conforta dans sa fierté :

« Bonsoir, papa ! »

Alice et Vincent s'occupaient dans leur chambre, en pyjama, les cheveux tout juste secs. Ils jouaient avec cette indifférence souveraine dont sont capables les enfants et n'avaient pas levé la tête pour accueillir leur père. Celui-ci ne s'en formalisa pas. Au contraire. Il les envia de s'adonner aussi intensément à ce qu'ils faisaient.

« Ça va, oiseau ?

— Ça va, Papanou.

— Qu'est-ce que tu fais ?

— Des choses.

— Je ne peux pas savoir ?

— Pas pour l'instant. »

Du haut de ses huit ans mais la tête penchée à en toucher son coude, Alice s'appliquait à colorier un cheval sans dépasser d'un millimètre les contours imposés – et son feutre de frotter, oblique, le gros papier de l'album jusqu'à usure complète de la pointe. La petite fille était le double d'Antoine. Il l'appelait « oiseau » et ne redoutait rien tant que le jour maudit où elle volerait de ses propres ailes. Comme son père, elle avait les yeux verts – du bronze étoilé d'or –, les joues pleines, promptes à rougir, les cheveux châtains et les lèvres charnues ; comme lui, et avec une science rare, elle passait sans transition de l'humeur la plus exaltée au désespoir le plus intense, non sans en rajouter si possible un peu, jusqu'à la complaisance, histoire de vider l'abcès et d'insuffler un soupçon d'autodestruction esthétique à ce qui, sans cela, se réduirait à une bouderie médiocre. Comme lui, en somme, elle était Scorpion et, quand ils se disputaient, chacun voyait dans la carapace de l'autre le reflet de ce qu'il était lui-même. Ce qui ajoutait à leur complicité instinctive, tant ces deux-là étaient faits pour se comprendre, surtout lorsqu'il leur arrivait de ne pas être d'accord.

« Papa...

— Mon am... our ? »

La voix avait dérapé, cassée net sur la deuxième syllabe. Alice leva la tête. Antoine toussota avec un grand sourire. Ce n'était rien. Une petite toux.

« Je pourrais avoir un poney ?

— Pas de problème. Quand tu veux. »

Cette fois, elle le regarda complètement interloquée. Son père n'était pas du genre à céder à n'importe quel caprice. Elle avait dit ça comme ça, pour l'attendrir, pour minauder un peu. C'était le jeu. Elle ignorait que, ce soir-là, il se serait amputé une jambe pour lui offrir sur-le-champ un poney, trois poneys, un ours blanc, un panda nain, un éléphant, tout ce qu'elle voulait. Il se reprit. Les enfants prennent tout au pied de la lettre.

« J'en parlerai à maman. Tu veux ?

— D'accord. »

Alice était un peu déçue. Dans son esprit, et dès lors que la décision d'acheter un poney était prise, il suffisait de prendre la voiture, de se rendre dans un magasin de poneys, de choisir l'un d'entre eux, tiens, celui-ci, le blanc, sur le rayon du fond, et puis de revenir avec. Ce magasin eût existé, Antoine s'y serait rendu ventre à terre. Mais il n'existait pas. Chez les adultes, tout est toujours compliqué. Antoine s'en excusa en soufflant dans le cou d'Alice, juste entre les deux couettes, cette simple évidence : « Je t'adore. »

Alice sourit furtivement par-dessus son coloriage. C'était bien, un papa gentil. Mais ça ne valait pas un poney.

Il en allait différemment pour Vincent. Antoine se sentait très souvent à l'opposé de lui, mais c'était précisément dans cette différence qu'il allait puiser tout l'amour qu'il portait à son fils. Un amour certes mâtiné de la perplexité que peut ressentir un père à l'égard d'un garçon dans lequel il ne se reconnaît que partiellement, mais un amour trempé dans une admiration sans faille. Tout minuscule qu'il fût en effet – cinq ans à peine –, il émanait déjà de ce petit lion roux une telle droiture que cela ne pouvait que fasciner ou exaspérer tour à tour – et parfois en même temps – quiconque tentait de l'apprivoiser. Antoine en particulier. Car là où celui-ci tergiversait, composait, s'arrangeait, celui-là décidait sans jamais y revenir. Là où Antoine bricolait sa conscience à grand renfort de bouts de ficelle, Vincent avait pour devise une loyauté d'airain. Il y avait bien de quoi en prendre de la graine et inverser les rôles. Avec lui, c'était ou oui ou non, ou blanc ou noir. Jamais « peut-être » ou « je ne sais pas ». Il savait ce qu'il voulait et quand il le voulait. Le meilleur des desserts dévoré un jour pouvait être refusé le lendemain sans motif apparent, mais avec la même détermination. Une tour de cubes se devait d'être bâtie de telle façon et pas d'une autre. Et il n'était pas rare de voir ce petit lord commander vertement à des nigauds d'une tête de plus que lui.

« Qu'est-ce que tu fais, Vincent ?

— Ze zoue.

— A quoi ?

— A construire une tour zéante.

— La plus grande du monde ?

— Oui. »

Une tour de cubes surmontée de Lego, c'était précisément ce que Vincent était en train de construire quand Antoine avait pénétré dans sa chambre. A le voir ainsi mettre dans l'édification de ce monument toute la science et la patience de ses cinq ans, son père fut touché. Mais, à l'instar de sa grande sœur, le petit garçon semblait ne faire aucun cas de la présence paternelle. Seul comptait son chantier. Autour, tout n'était que bois, jouets, poupées, coussins, lumières, petits trains, petites voitures, nounours, abat-jour à l'effigie de Blanche-Neige et draps à celle de Djumbo. C'était la paix totale de l'enfance, l'insouciance en sursis de l'âge des bonbons et des découpages, l'absolue douceur d'un bonheur non conscient. Au craquement du sommier, Vincent daigna enfin lever le nez de son gratte-ciel.

« Tu te cousses ?

— Oui, mon grand. Je me couche. Che. Che. Comme cheval, chimpanzé...

— Vasse ?
— Vache.
— Non, vasse.
— Vasse, si tu veux, mon Vincent. Ce soir, c'est toi qui décides.
— Ceval ?
— Ceval, si tu veux.
— Cimpanzé ?
— Aussi. »

En d'autres temps, Antoine aurait pleuré de rire. Cette fois, c'était juste le rire qui faisait défaut. Allongé sur le lit de son fils, la tête dans les nuages et le regard perdu dans un mobile multicolore où tournaient sur eux-mêmes des oiseaux de toutes sortes, il se laissa porter par le courant jusqu'à la source même de sa vie. Oui, tout ici était tellement moins compliqué : il y avait quatre saisons, les nombres ne dépassaient pas 10, l'alphabet ne servait qu'à relier les ananas aux zèbres, les ciels gribouillés de bleu étaient comme suspendus en haut des feuilles Canson, le soleil brillait invariablement dans un coin de la page, les vaches étaient des vasses et même des cimpanzés si on le désirait, les oiseaux surgissaient plus gros que les maisons, les cheminées ne manquaient jamais de fumer, les arbres avaient l'allure de grosses sucettes vertes, les avions volaient malgré leurs ailes verticales, les papas étaient là, ils avaient une tête ronde et de longues fourchettes à la place des bras, ils avaient le sourire et ils ne partaient pas de leur maison du jour au lendemain juste parce qu'une jolie dame le leur demandait.

Plus simple, oui, tout était plus simple, et c'est très simplement qu'Alice s'approcha du lit, avant de faire une chose qu'elle n'avait jamais faite jusqu'alors. Le cœur au bord de l'explosion, Antoine la vit grimper sans façons sur le matelas, escalader sa grande carcasse de père et s'allonger sur lui, ventre contre ventre, tête calée sous le menton, joue à plat sur son torse et bras serrés autour de lui. Là, sur ses flancs, il sentit les petites mains de sa fille fermement plaquées sur sa chemise, comme un avare serre contre lui son sac d'or. Leurs respirations se mêlaient, il sentait son souffle sur son cou, elle le rafraîchissait de son enfance pure. Elle, si pudique, si intérieure, parfois si sauvage, se livrait entière pour soulever de terre son père, son papa. Tout devait paraître normal. Il bafouilla puis corrigea le tir.

« Dans dix minutes, je veux que vous soyez couchés.

— D'accord.

— Pipi, les dents et dodo. Promis ?

— Promis. »

Vincent, par jeu, les rejoignit. Antoine l'invita lui aussi à se blottir contre lui. Leurs petites têtes calées au niveau de ses épaules, il les étreignit. Les flaira comme un animal. Respira leurs cheveux à pleins poumons. Voilà que ça recommençait, que les vannes s'ouvraient à nouveau. Il était pourtant bien spécifié que ce shampooing pour enfants ne piquait pas les yeux.

3.

La cymbale d'un couvercle qui roule suivie d'un « Merde ! » retentissant tira brutalement Antoine de ses songes. Cela venait d'en bas. Cécile avait dû se brûler, il fallait y aller, il ne pouvait plus reculer. Il se leva, embrassa le front de ses enfants, respira un grand coup et descendit.

En arrivant dans la cuisine, il eut un mauvais pressentiment en trouvant Cécile de dos, campée devant son fourneau en un déhanché un peu las, une main dans une poche et l'autre occupée à remuer machinalement une soupe posée sur le feu. Le couvercle avait déjà été ramassé et reposé à sa place. On n'entendait à présent que le frottement mat de la cuillère en bois au fond de la casserole. Que se passait-il, ici ? Antoine se fendit d'un « Salut ! » qu'il voulut le plus neutre possible, mais rien n'y fit. Cécile continua de tourner sa soupe comme si l'avenir du monde en dépendait.

Interdit, Antoine recula d'un pas. Elle semblait tellement loin qu'il se sentit à l'abri de ses regards comme si une glace sans tain s'était soudain interposée entre elle et lui. Aussi prit-il tout le loisir de la contempler, là, incongrûment, dans cette cuisine, avec une intensité que les circonstances favorisaient. Et se surprit une nouvelle fois, après dix ans de mariage, à se retrouver pétri de timidité devant celle qui était sa femme. Car avec elle, décidément, il n'y avait rien à faire : même en train de mélanger une soupe aux poireaux, un chignon noué vite fait au-dessus de la nuque et simplement vêtue d'une ample chemise blanche et d'un vieux jean poché aux genoux – elle avait une aquarelle en cours –, elle ne pouvait se départir d'une élégance que ses proches qualifiaient de naturelle alors qu'elle était aussi, et peut-être surtout, le fruit d'une volonté de fer et d'un refus farouche de se laisser aller.

« Cécile ? »

Toujours rien. Maintenant, c'était sûr, la distraction avait bon dos, la rêverie aussi, c'était autre chose, ça sentait le roussi, et même le brûlé : la soupe était cramée depuis un bon moment sous l'effet du feu que Cécile avait poussé plein gaz sans qu'Antoine sût pourquoi. Ce qu'il savait, en revanche, c'était qu'elle ne craignait rien tant que le ridicule et l'impudeur pénible des reniflements. S'il fallait qu'un orage éclatât, mieux valait le provoquer, et vite. Aussi fut-ce sans tarder davantage qu'il joua une nouvelle carte en déposant, fébrile, un baiser dans son cou. Mal lui en prit. Il n'eut pas le temps de toucher ses mèches blondes qu'elle lui fit face, avertie par son souffle et comme brûlée vive. Deux yeux bouffis de larmes, bleus mais noirs de fureur, répondirent à son geste et il entendit juste : « Ne fais pas ça. »

Antoine recula. Si les sanglots des actrices de cinéma – lèvres tordues, nez rouge et couinements crispants – l'avaient toujours fait rire, voir Cécile pleurer le bouleversait. Précisément parce que cela n'arrivait jamais. Et que, au chagrin qui la secouait dans ces cas-là, elle ajoutait la honte de se montrer ainsi. De fait, fidèle à elle-même, elle se détourna de nouveau et ce fût d'une voix brisée que, coupant net le brûleur sous la soupe, elle murmura comme pour elle-même : « Et merde. Je ne suis même pas foutue de lui faire une scène. »

Elle n'avait pas tort, à vrai dire c'était couru. Entre Antoine et elle, il ne pouvait y avoir de scène de ménage ordinaire. Pour Antoine, Cécile était tout. Il l'aimait, l'estimait, l'admirait. En plus d'être sa femme – encore qu'il y eût là une notion de possessivité qui seyait mal à une femme aussi indépendante –, elle était une sœur, une amante, une complice, un copain de virée. Aucun des deux ne faisait quoi que ce fût sans consulter l'autre. Et cette complémentarité – le mot était faible – faisait tellement partie de leur histoire qu'on ne pouvait parler d'Antoine sans évoquer Cécile, et vice-versa. On disait Cécile et Antoine, Antoine et Cécile, comme on aurait dit Sacco et Vanzetti, Tristan et Iseult, Roux et Combaluzier. Même lorsqu'il leur arrivait de se disputer – Cécile endossant alors son habit de blonde polaire et Antoine son armure de reptile mortel –, on sentait dans leurs échanges une telle tristesse d'avoir à en passer par là, et, par voie de conséquence, une telle envie d'en finir vite, que l'amour, même en creux, n'en ressortait que davantage.

Sans doute était-il écrit que ce vendredi soir allait faire exception à la règle. Précisément parce que la loi d'airain qui les unissait depuis si longtemps avait été, aux yeux de Cécile, bafouée pour la première fois. Et qu'il convenait de prendre son temps.

Elle le prit. Antoine vit qu'elle se concentrait. Comme une athlète avant une course, elle était en train de puiser très profondément en elle l'énergie nécessaire pour aller au bout de l'épreuve. La tête dans les épaules, tout le corps tendu vers l'effort imminent, elle inspira et expira plusieurs fois, très lentement, à fond. Quand elle se retourna d'un mouvement brusque pour planter son regard dans le sien, Antoine comprit que le départ venait d'être donné. Les sanglots étaient passés. Ne restait que la fureur. Et l'ironie. Cécile se lança.

« Antoine, sais-tu qui m'a téléphoné, cet après-midi ?

— Non, je...

— Blandine, ma grande copine Blandine, celle que tu n'as jamais pu blairer.

— Ah ? Tiens...

— Et sais-tu où elle habite, Blandine ?

— ...

— Rue du Bac. Tout près du *Bon Marché*. Un très joli trois-pièces. Et attends, tu vas rire : sais-tu où elle a l'habitude d'acheter ses cigarettes ?

— ...

— Je te le donne en mille : dans un bar-tabac de la rue de Sèvres qui s'appelle *Le Babylone.* »

Cécile s'arrêta net. Le faux sourire enjoué qui, le temps d'un échange, avait animé son visage venait de se muer en un rictus épouvantable. Elle vérifiait son effet de surprise sur Antoine. D'une certaine façon, il était parfaitement réussi. Mais, face au regard fuyant et au visage blême de son mari défait – le monde s'écroulait sous lui, il cherchait une chaise d'une main distraite –, la nausée l'emporta aussitôt sur le plaisir du flagrant délit. Elle fit volte-face et s'agrippa au robinet de l'évier pour boire à grandes gorgées et s'asperger la face. Un torchon fit l'affaire pour sécher ses yeux et se donner une contenance. Avant qu'il ne fût trop tard, Antoine essaya encore de lui poser la main sur l'épaule. Elle s'en saisit et l'en éloigna, fermement mais avec prudence, un peu comme on saisit un crabe inerte en se demandant s'il est vraiment mort. Puis commença de vider son sac d'une voix suave qui n'augurait rien de bon.

« Tu vois, Antoine, jusqu'à cet après-midi, je pensais sincèrement que ce genre de choses n'arrivait qu'aux autres, que nous serions épargnés, parce que nous, c'était autre chose, c'était plus fort, plus puissant, je ne sais pas, un peu sacré...

— Cécile, arrête ça...

— C'est vrai, tu sais, quand j'entendais ces histoires de divorce, de couples qui finissent mal, qui se déchirent, je me disais non, pas nous, nous ça n'arrivera pas, ça n'arrivera jamais... » Sa voix se fit plus sourde. Elle regardait maintenant les images d'un film qu'elle seule pouvait voir. « Et puis voilà, un beau jour d'automne tu rentres des courses avec tes enfants, tu es allée les chercher à l'école, tout va bien, c'est vendredi veille de week-end, tu prépares le goûter, quand tout à coup le téléphone se met à sonner... Evidemment, tu décroches et là, au bout du fil, tu entends ta bonne copine Blandine qui a une drôle de voix, qui s'embrouille dans ses phrases et qui te dit qu'elle ne sait pas si elle devrait, qu'après tout ça ne la regarde pas, qu'il ne faut pas lui en vouloir, mais que, tant pis, elle ne peut pas le garder pour elle, qu'aujourd'hui elle est allée acheter ses clopes dans son tabac habituel, de l'autre côté de la rue de Sèvres, et que là, en faisant la queue, et en vérifiant douze fois plutôt qu'une, elle n'en a pas cru ses yeux de voir au fond de la salle son copain Antoine, mais oui, Antoine, qui aurait cru, le mari de son amie Cécile, attablé face à une très belle brune, main dans la main, yeux dans les yeux, l'air de se faire des confidences, et tout le tralalala...

— Cécile...

— Toi, tu tombes du ciel, tu es là, légère et désinvolte encore, à répéter : “Mais qu’est-ce que tu me racontes ? Tu en es sûre ?”

— Cécile !

— Alors l’autre en rajoute, tu penses, pire qu’un témoin à charge. “Plus que sûre et certaine, Cécile, il portait une veste vert amande, une chemise bleu pâle et un pantalon clair, je l’ai vu et bien vu.” »

Antoine hurla.

« Cécile ! Stop ! »

Mais elle était lancée. Rien ne l’arrêterait plus.

« Alors là, c’est l’horreur, tu as le cœur qui s’emballe et les jambes qui tremblent, tu commences à y croire, à cette saleté d’histoire, ça s’insinue en toi, tu imagines la scène, tu cherches une sortie et tu ne la trouves pas. L’autre s’excuse presque, mais tu ne l’entends plus, le poison est là. Comme assommée, tu reposes le combiné, tu fais goûter les gosses, et le temps passe lentement, les heures n’en finissent pas, tu attends ton mari, tu te dis que le matin tu ne l’as pas vu partir ni même s’habiller, que bien sûr tu vas le voir descendre de sa voiture vêtu d’un complet bleu, d’une veste de tweed marron ou d’un scaphandrier, de n’importe quoi en somme, tu t’en fous complètement, du moment que ce n’est pas d’une putain de veste amande, d’une chemise bleu pâle et d’un pantalon clair... Bref, tu te vois déjà appeler ta copine mauvaise langue en lui donnant l’adresse d’un bon opticien et voilà qu’enfin, après le bain des enfants, après leurs devoirs, après le biberon de Lise, après toutes ces conneries qu’on fait toute la journée et qui n’intéressent personne dans les dîners en ville, voilà que le moteur que tu connais par cœur se fait entendre dehors, c'est le roi qui se pointe, c'est le vaillant cadre sup qui revient harassé d'une journée de labeur. Et toi, qu'est-ce que tu fais ? Tu regardes illico la tenue du grand homme et tu es vite fixée parce que le gentil mari qui rentre du boulot répond si fidèlement au signalement donné, arbore si fièrement sa belle panoplie de salaud ordinaire qu'on aurait presque envie d'en rire si ce n'était à pleurer. A pleurer de dégoût. »

Cécile avait vomi tout cela d'un trait, sans respirer. Avec tour à tour la diction monotone et l'hystérie d'une femme soûle bien décidée à dévider sa pelote jusqu'au bout. Livide et le front moite, elle se tenait maintenant penchée au-dessus de l'évier, la tête rentrée dans les épaules, les mains accrochées à son rebord comme pour se préparer à l'arracher du sol. Les mèches de son chignon s'échappaient une à une. Elle paraissait à bout de forces, plus que tout désireuse de s'abstraire du monde pour rentrer en elle-même et devenir caillou. Pour autant, même dans un moment pareil, elle avait bien trop d'ironie pour ne pas avoir conscience de l'aspect dramatique – voire dramaturgique – d'une scène dont, malgré tout, elle ne pouvait faire l'économie. Aussi serrait-elle les dents pour ne pas donner prise à une quelconque tentation de forcer un jeu qu'elle ne souhaitait pas jouer et des propos qu'en aucun cas elle ne voulait déclamer. On est si vite trahi par une voix qui dérape ou une imprécation qui sonne comme une tirade.

Antoine, lui, ne disait mot. Sur sa réserve il demeurait, comme à son habitude. A ne se sentir ainsi jamais atteint par quoi que ce fût, ni par les insultes, ni par les débats, ni par la sollicitude d'autrui, à ne jamais se révolter ni s'offusquer de rien, il se demandait parfois ce qui, de la peur ou de la véritable indifférence, avait la plus grande part dans le splendide – et très commode – isolement qui lui servait de refuge devant l'adversité.

Cette fois, pourtant, une voix inconnue lui intima de réagir. Le silence est souvent la dignité des lâches. Devant une Cécile détruite, il ne pouvait prendre la tangente. Il fallait parler. S'expliquer. Se battre. Hurler, vociférer, au besoin, dire n'importe quoi, mais dire quelque chose. C'était le jour ou jamais. En une seconde, il se composa un masque de dureté et articula :

« C'est fini...

— Quoi, “c'est fini” ? Entre nous ? »

Antoine se retint. Cécile lâchait tout. Son cynisme faussement léger annonçait les pires horreurs. Il fallait contenir l'hémorragie. Par n'importe quel moyen. La froideur en était un. On conserve bien les doigts coupés dans de la glace pilée.

« Comme tu y vas. Je te demande : c'est fini, ta petite scène ? Je peux en placer une ?

— Je me demande bien ce que tu as à placer.

— Juste ceci : tu te trompes. Lourdement.

— Toi, tu me trompes. Nuance.

— Pas comme tu le crois.

— Je ne vois pas trente-six façons de tromper quelqu'un.

— Moi, si. Je voulais tout te dire. Mais pas comme ça.

— Donc tu ne démens pas.

— Il n'y a rien à démentir. Rien.

— Qui est cette fille, alors ? Ta petite cousine ? Une sœur cachée ? Une amie d'enfance ?

— Une amie. D'enfance, si tu veux. Mais juste une amie.

— Et tu veux que je gobe ça ?

— Je ne veux rien. Je veux juste t'expliquer. Pas me justifier. T'expliquer. Mais tu ne me laisses même pas une chance...

— De t'inventer vite fait une excuse crédible.

— Tu vois ? Tu continues.

— Ce que je vois, surtout, c'est que tu m'as l'air bien embarrassé, mon petit chéri. Et pour tout dire un peu merdeux. »

C'en était trop. Cécile hoqueta. D'un seul coup, le mépris céda sous la poussée des larmes. Elle se laissa tomber sur une chaise, cassée en deux, tête dans les mains. Une veine saillait sur son front écarlate. La voix se fit nasale, haletante, mouillée. « Pauvre connard... Salaud... Dire que tu as pu me faire ça... »

Un homme ne se sent jamais aussi impuissant que lorsqu'il voit sa femme pleurer. Cette fois, Antoine savait que la situation était irrattrapable. Tout jouait contre lui. Rien ne plaidait en sa faveur, et rien, surtout, ne se passait comme il l'avait prévu. Il mesurait la vanité de toute tentative de dénégation ou de justification. Chaque mot ne pouvait que jeter davantage d'huile sur un feu prêt à embraser la maison tout entière. Que faire, alors ? Tout avouer à Cécile, là, maintenant, au risque de la tuer sous prétexte d'être honnête et courageux ? Ou laisser le doute planer, et ajouter la confusion à la douleur ? Visage chiffonné, lèvres luisantes, regard noyé, Cécile le dispensa de toute hésitation supplémentaire :

« Finissons-en, Antoine, c'est assez pénible comme ça. J'ai eu assez le temps, tu t'imagines bien, de réfléchir à nous pendant l'après-midi. Et même pendant ces derniers mois. Quoi que tu dises, quoi que tu inventes, nous en sommes à un point où je ne croirai pas un mot de tes explications, même avec la meilleure volonté du monde. Ce n'est même pas de la jalousie, c'est que c'est impossible. Alors épargne-nous au moins le sordide et fais preuve de courage. Si c'est toi qui étais vraiment dans ce café avec cette fille, tu sais comme moi qu'il n'y a rien à ajouter. Ou tu romps tout de suite avec elle, et tu m'en apportes la preuve, ou c'est nous qui nous séparons. »

La messe était dite. Cécile était comme ça, carrée, péremptoire. Le mensonge ne faisait pas partie de son monde. Sitôt apparu, elle l'évacuait d'un revers de main. Antoine crut pouvoir en rester là. Et prendre congé. Il n'avait pas fait un mètre qu'elle le rattrapait dans le couloir, l'empoignant par le revers de sa veste. D'un seul coup, le ton changea.

« Ah non, pas ça, Antoine. Pas ça, pitié ! Pas le coup du ténébreux enfermé dans son silence.

— Mais tu...

— Ecoute, ne m'en demande pas trop. Je veux bien t'éviter la grande scène de la tigresse hystérique, les larmes et les petits poings qui cognent, j'essaie de garder mon calme, mais là, tu vois, tu ne peux quand même pas t'en tirer comme ça. Dis quelque chose, Antoine. Dis quelque chose... ! »

Ce n'était pas faute de vouloir. Mais Antoine resta muet. Rien ne sourdait de ses lèvres, violettes à force d'être crispées. Rien ne bougeait sur son visage. Dix secondes s'écoulèrent dans un silence de plomb.

Alors la foudre tomba. L'orage, qui couvait, éclata d'un seul coup. En un éclair, Cécile se métamorphosa. Elle était loin, l'ironie, oubliée la morgue chic. Toujours agrippée au revers de sa veste comme à une planche de salut, elle se mit à agonir Antoine d'insultes, à le secouer de toute sa rage, interminablement. Et ce fut en se protégeant d'une pluie de coups de poing qu'il l'entendit hurler, juste dans son oreille, quasiment à le mordre :

« Mais réagis, Antoine ! Réagis à la fin ! Ne me laisse pas comme ça ! Dis quelque chose ! Dis-moi que ce n'est rien ! Un rêve, un cauchemar ! Que Blandine a mal vu, que tu as déjeuné seul, que ce n'est pas ce que je crois, que je suis... je ne sais pas, moi, paranoïaque, ignoble, folle à lier... une vraie pourriture de t'accuser comme ça, à tort et à travers... dis-moi n'importe quoi, mais défends-toi, Antoine, défends-toi nom de Dieu !... Le cynisme du grand solitaire qui ne veut rien savoir, qui est au-dessus de tout ça, j'en ai marre, archimarre ! »

Trop de bruit. Trop de coups. C'était dangereux. Antoine n'aimait pas ça. Il prit les mains de sa femme, les immobilisa et la regarda longuement, avec dans les yeux une telle tristesse qu'elle en resta pétrifiée. A travers leurs doigts, à travers leurs yeux, le courant passa. Suffisamment longtemps pour qu'il prît conscience qu'elle avait raison. Bien sûr, c'était limpide, il lui devait la vérité. La vérité toute simple, toute crue. Il allait la lui dire. Sur-le-champ. Elle devait simplement se préparer à pleurer. Il respira à fond.

« Bien. Tu l'auras voulu. Le type au *Babylone*, c'était moi. »

Cécile était trop fine pour triompher. Néanmoins, il évita de croiser ses yeux pour ne pas y déceler la lueur de satisfaction qui, malgré elle, avait dû les traverser. Elle brûlait de savoir la suite. Il lui épargna l'humiliation d'avoir à la lui quémander.

« La brune, c'était Marion. »

Cécile fit la moue.

« Marion ? Je ne connais pas de... » Elle se figea. « Attends. Pas Marion... pas la Marion du lycée, quand même ? Pas Marion Dange ?

— Si. »

La panique s'empara d'elle. C'était le diable qu'elle venait de voir.

« Tu ne peux pas me faire ça, Antoine. Pas elle. Pas Marion !

— Mais arrête ! Si au moins tu me laissais finir, tu... »

Trop tard. Antoine n'avait pas fini sa phrase qu'une gifle, lancée à toute volée, lui déformait la joue gauche. Il en fut apaisé et inquiet. Apaisé, parce que cette dispute prenait enfin le tour passionnel qu'elle méritait. Inquiet, surtout, parce qu'au-delà de la brûlure qui imprimait encore sa joue de cinq doigts écartés, au-delà de son orgueil blessé de gentleman taciturne, il pressentit qu'au fond de lui, sans qu'il pût en définir la nature exacte, la violence du choc venait de provoquer des dégâts sérieux. Irréversibles.

Il voyait juste. Il se connaissait bien. Au fond de ses entrailles, ce n'était rien de moins qu'une fissure profonde qui venait de s'ouvrir, une lézarde menaçante qui venait d'apparaître et qui, au fil des secondes, allait s'élargissant, vite, très vite, jusqu'à maintenant devenir une brèche, une faille intérieure, une plaie béante. Or cette plaie creusée dans une façade apparemment lisse, cette blessure ancienne ravivée par une gifle, Antoine ne mit pas très longtemps à l'identifier. A vrai dire, il la reconnut avec certitude au moment précis où, dans son ombre même, quelque chose de noir et de doux à la fois, de répugnant et d'attirant, commença à se manifester.

Ce fut alors comme un électrochoc. Une révélation. En une fraction de seconde, Antoine réalisa ce que tout cela signifiait. Il comprit que ce moment était sans doute l'un des plus importants de sa vie. La donne venait de changer brutalement, par surprise. Tout était bouleversé. Sous l'effet du séisme, ce qu'il avait construit comme projet d'aveux s'était écroulé à l'instant. A la place venait de se faire jour une alternative radicalement opposée, mieux que ça, une évidence, l'évidence même, qui tenait en une phrase : si pleurs et cris et gifles il devait y avoir, au risque de faire sortir le pire de ce qu'Antoine portait en lui, alors il fallait que ce fût pour la bonne cause. Elle était là, la solution. Tellement claire qu'il se demandait comment il avait pu ne pas y penser plus tôt. Tellement limpide qu'il en éprouva de la fierté, juste de la fierté, résolu qu'il était à ce que triomphât non pas forcément la vérité – celle-ci, décidément, n'est pas toujours bonne à dire –, mais du moins l'amour. Et dans ce nouveau credo, il mettait une foi qui n'avait eu d'égale que celle avec laquelle, dix ans auparavant, il avait devant Dieu épousé Cécile pour le meilleur et pour le pire.

Le pire, précisément, semblait être advenu et Cécile avait faussé compagnie à Antoine, le laissant là, pensif, avec la marque de ses doigts sur la joue. Il sortit, confiant désormais dans ce qu'il avait à faire. De longues minutes s'écoulèrent, durant lesquelles il put s'inoculer froidement la drogue qu'il venait de s'inventer. Elle irradiait déjà dans sa chair et son esprit, ne diffusant encore que douceur et vertige pour mieux reporter au lendemain la souffrance insupportable de ses effets secondaires.

4.

Antoine n'avait jamais autant enduré qu'en ce vendredi soir. Il n'avait jamais non plus été aussi content de lui. Sans doute avait-il besoin d'éprouver sa résolution à l'aune de ces deux extrêmes. Après un moment passé assis sur le perron, c'est dans un état second qu'il se leva d'un bond et s'engouffra dans sa maison. Tout confiant qu'il était, et certain de son choix, allait-il pour autant tenir le coup ? Connaissant Cécile, elle ne tarderait pas à le remettre à l'épreuve. C'était à lui de faire ses preuves. Sans faillir. Sans mollir.

Elle l'attendait dans la salle à manger. En forme d'hommage – mais de quel hommage Cécile avait-elle soudain besoin ? –, il ne put s'empêcher d'admirer le goût avec lequel elle avait arrangé ce lieu. Ces tommettes au sol, lustrées par l'usure. Cette patine aux murs, d'un jaune laiteux. Ces lourds rideaux de lin, s'écartant avec des inclinaisons de courtisanes de part et d'autre des fenêtres pour mieux laisser contempler la vue sur les pavés et, plus loin, par-delà les boules de buis, le gazon planté d'arbres fruitiers. Ces bougeoirs en fer forgé, ces scènes de chasse anglaises, ces fauteuils cérusés, d'un bleu-gris délicat, cette atmosphère à la fois sobre et chaleureuse. Tout cela participait du bien-être que l'on éprouvait en entrant dans cette pièce, dont les murs se renvoyaient encore l'écho de tant de dîners joyeux. Cécile se servit un verre de vin. Et tendit la bouteille à Antoine pour qu'il en fît autant. Il but. Ça pouvait aider.

« Elle est mariée, Marion ?

— Elle l'a été.

— Des enfants ?

— Deux.

— Ça ne la gêne pas, tout ça ?

— Non. »

Cécile accusa le coup. Mais un plaisir pervers lui dicta de continuer. Elle se versa un autre verre de vin. En proposa à Antoine. Qui accepta. Il apprécia cette gentillesse. Cela ne l'étonnait pas d'elle. De même qu'il lui sut gré de ne lui poser que des questions fermées, n'appelant qu'une réponse courte. Vite expédiée.

« Toujours aussi belle ?

— Toujours. » Ce n'était pas assez. « Mieux qu'avant. Moins pimbêche. Plus rien à prouver.

— Ote-moi d'un doute : toujours aussi brillante également...

— Evidemment.

— Evidemment. »

C'était étrange. On sentait qu'elle ne voulait pas se lever. Qu'elle voulait prolonger une conversation qui, sous l'effet de cette lumière tamisée, amorçait un virage un peu surréaliste, presque agréable. En apparence, du moins.

« Alors, mon chéri, initie-moi, comment c'est votre petit jeu...

— Je ne comprends pas.

— Tu comprends très bien. Je te demande, comment vous faites. Tu sais, votre petite affaire... J'imagine qu'elle habite Paris, alors dis-moi... tu gares ta voiture pas trop près, tu connais le code par cœur...

— C'est un Interphone.

— Oh, pardon. Un Interphone. Alors tu t'annonces, tu montes quatre à quatre...

— Il y a un ascenseur.

— Ne te fous pas de moi, tu veux ?... »

Elle s'aperçut qu'elle avait dit ça trop fort. Le vin faisait son effet. Antoine s'en félicita. C'était bon, ça, très bon. Il n'y avait qu'à se soumettre à lui. A son tour, il se resservit un verre de saint-julien jusqu'à ras bord. Cécile n'y prêta guère attention. Elle se contenta de reprendre plus doucement, lasse mais obstinée.

« Bon, tu sonnes, elle t'ouvre, et alors, qu'est-ce qui se passe ? Hein ? Quoi, mais dis-moi ! Tu ne vas pas faire ta chochotte, en plus ? Comment ça se passe... Tu ne sais plus ? Moi je vais te le dire... »

C'était horrible. Cécile voulait se faire mal pour exorciser le mal. Elle pleurait, sans s'en rendre compte. On ne savait plus si c'était le chagrin ou l'alcool. Ou les deux mélangés. Cela n'affectait que son élocution. Pas sa volonté.

« Tu sonnes. Elle... » Cécile ne put prononcer le prénom honni. « Elle n'a pas fermé la porte que vous êtes déjà dans les bras l'un de l'autre en train de vous embrasser... Toi, tu es trop pressé, tu mets un genou à terre, tu enlèves tes chaussures, tu te maudis d'avoir fait ces doubles nœuds serrés, tu trembles, tu t'énerves, elle te calme en passant sa main dans tes cheveux, tu embrasses son bas-ventre, tu te relèves doucement, l'étreinte devient plus chaude, elle a mis les petits dessous qu'elle ne met que pour toi, vous reprenez vos esprits, et puis vous vous glissez dans le grand lit de sa chambre, sous sa couette un peu fraîche, qui sent bon, vos bouches se cherchent, se mordillent, vous finissez de vous déshabiller... Avoue que je ne suis pas loin, non ? »

Il n'y avait qu'à approuver. On ne lui en demandait pas plus. Il s'entendit répondre d'une voix neutre :

« C'est exactement ça. »

A peine prononcé cet aveu qui en annonçait d'autres, Antoine eût juré que, le temps d'un éclair, et bien qu'au fond du gouffre, Cécile eut l'air flattée qu'il reconnût ainsi sa perspicacité. Cela devenait fou. Mais elle continua.

« Ensuite, c'est du classique, vous faites des tas de choses qu'on ne fait plus ensemble, des petites gâteries, des cochonneries, des trucs pas possibles, vachement acrobatiques... Et après vous être fait poliment jouir l'un l'autre, vous vous retrouvez repus, haletants, couchés sur le dos, encore un peu collés par la salive, la sueur, le plaisir... Vous vous dites des choses tendres, comme pour vous dédouaner... d'avoir si bestialement... laissé parler la chair... Je ne me trompe toujours pas ?

— Toujours pas. »

Cette fois-ci, ce fut plus dur. Cécile plongea la tête dans ses mains, comme pour dire pouce et interrompre le jeu. Mais le rideau se rouvrit, doigt après doigt, et elle reparut, la voix presque intacte et un regard de défi sur son visage trempé.

« Arrive alors le moment de la toilette, l'inévitable brin de toilette des amants souillés. Avec une pudeur touchante, vous passez chacun à votre tour dans la salle de bains... la baignoire est froide... tout devient cru, alors... un peu sordide, aussi... Après le plaisir et les petites obscénités susurrées à l'oreille, il ne reste qu'une peau blanche sur le blanc de l'émail, une peau qu'on sèche vite fait à grands coups de serviette... Il est temps de se rhabiller, l'heure a passé très vite sur le radioréveil, l'eau du thé a tiédi, on s'en verse une tasse, on ne sait plus trop quoi se dire, c'est le moment de partir...

— Ça rime. Bravo, tu deviens lyrique », grinça Antoine, que l'incompréhensible jeu de sa femme commençait à irriter réellement.

Et celle-ci de rétorquer, piquée au vif, elle aussi :

« Lyrique ? C'est possible. Comment faire autrement... Tout ceci est vu et revu, minable, ordinaire. Si au moins tu pouvais me donner une seule bonne raison de foutre en l'air une belle histoire et dix ans de mariage... »

Un gong imperceptible sonna la fin du round. Antoine s'assit dans un coin de la pièce. C'était à lui de jouer. Et bien, avec ça. Il pouvait d'autant moins rater son coup que Cécile lui tendait une perche magnifique. Puisque frustrations, jalousies et amertumes, haines contenues et turpitudes avaient nourri en lui, depuis toujours, le plus fertile des terreaux, et puisque rien de bon désormais n'y germerait jamais, l'occasion était trop belle d'y ajouter du vin, beaucoup de vin qui soûle et d'y puiser l'énergie nécessaire aux combats victorieux et aux mots qui font mal. On allait bien voir quel chiendent allait pousser là. Pas besoin de se forcer. Ses vieilles obsessions faisaient l'affaire.

« Une bonne raison ? Tu veux une bonne raison pour foutre en l'air dix ans de mariage ? Tu y tiens vraiment ? » Il prit à témoin un public invisible. « Mais la chair, Cécile, la chair ! La viande, la bidoche, le sexe ! Le bon vieux cul, quoi ! La voilà, ta bonne raison ! »

Cécile se cala mieux sur sa chaise, les bras croisés sur la poitrine, comme on le fait quand on ne veut pas rater une miette de ce qui va suivre. Et Antoine, encouragé, de forcer son numéro.

« Tu me fais marrer. Mais regarde-nous, ma vieille ! Regarde-toi ! Regarde-moi ! On est encore jeunes, on est encore potables, mais pour combien de temps ? Hein ? On peut mourir d'une seconde à l'autre. Ça veut dire que la journée de demain et toutes celles qui suivent n'existent pas.

— N'importe quoi...

— Mais non, pas n'importe quoi. Elles n'existent pas, puisqu'on n'est pas sûr de les vivre. La vie, c'est pareil, on ne peut pas compter dessus. Pour moi, la seule chose qui existe, c'est la seconde qui suit celle que l'on vient de vivre. Voilà, c'est aussi con que ça. De seconde en seconde, on traverse le cours de la rivière. Le but, c'est de ne pas trop se mouiller. Et de ne pas tomber. Alors on fait gaffe de poser le pied là où il faut. On est bien concentré. Et puis un beau jour, sans s'en apercevoir, on a franchi la rivière. C'est déjà l'autre rive. On n'a rien vu, rien vécu, mais on y est arrivé. On est content. Le problème, c'est qu'on est mort.

— Et Marion, elle est morte ?

— Ne t'inquiète pas, j'en viens à Marion, puisque c'est ça qui t'intéresse. Eh bien oui, si tu veux savoir, j'en profite, de Marion, j'en profite avant d'être trop vieux pour... pour sauter d'une pierre à l'autre sans me casser la gueule. Que veux-tu que je te dise ? Il n'y a rien d'extraordinaire à ça.

— Ben voyons. C'est humain.

— Parfaitement, c'est humain. Je m'offre du plaisir. Je me dépêche. Parce que c'est bon de caresser un corps de femme, bien lisse, bien ferme, bien vivant, et que bordel de merde je suis comme tout le monde, figure-toi, j'ai peur de vieillir, d'être laid, repoussant, de mourir...

— Comme c'est original !

— Arrête ton ironie et regarde les choses en face ! On crève incultes, ignares, en n'ayant vu du monde que le milliardième. C'est comme un palais dont on ne visite que les chiottes. Et le temps de comprendre ça, on est déjà vieux, de la bouillie sur le menton, en train de ruminer nos remords...

— C'est gai.

— Je n'invente rien ! On commence à peine à s'amuser qu'un beau matin, ça y est, c'est pour notre tronche, on se retrouve entre quatre planches, tout ça parce que c'est le jeu, parce qu'un jour la vie s'arrête sans prévenir et qu'on a beau vouloir rester sur le manège, ça ne repart pas, il n'y a pas d'autre tour, on a gâché son ticket, on n'a pas d'autre chance, c'est bel et bien fini... Souviens-toi de la petite dame qui venait acheter son pain dans le camion du boulanger...

— Et alors ?

— Toujours à plaisanter, un petit mot par-ci, un compliment par-là... Un jour, j'ai vu passer une ambulance, sans sirène, sans esbroufe, elle était morte, c'est tout... Pareil pour l'autre voisin, Georgelin... Tous les dimanches de printemps, il fait un barbecue... Dans dix ans, dans vingt ans, dans trente ans, ce sera pareil, tous les dimanches de printemps il fera un barbecue... Dans quarante ans, il sera mort... Eh bien moi, que veux-tu, je ne peux pas m'empêcher de penser qu'au fond, dans toute la vie de Georgelin, seules les saucisses auront changé.

— C'est pas vrai...

— Mais si c'est vrai ! Autant de saucisses que de bons moments... Tiens, toi, par exemple, si tu y réfléchis, combien de vrais bons moments, de moments mémorables, tu as passé depuis que tu es née ? Je veux dire les grands moments, les coups de foudre, les coups de folie, les émotions...

— Que veux-tu que j'en sache...

— Moi, je vais te le dire. Mis bout à bout, ça doit faire à peine une année, et encore je suis gentil. Le reste du temps, tu as dormi ou travaillé, tu as fait des corvées, tu as fait le ménage, tu as fait la bouffe, tu as fait ton devoir... Et c'est pareil pour tout le monde. Moi, je te le dis, la vie, la vraie vie, son sirop, c'est deux ans maximum...

— Mon pauvre Antoine, tu es complètement fou... », murmura Cécile, avec dans le ton une sorte d'indulgence dont elle se fit immédiatement le reproche. Cela ne pouvait que l'encourager à prolonger son délire éthylique.

« Quant à être des héros, des vrais, des médaillés, faut oublier. Les batailles sabre au clair, les chevaux au galop, le cliquetis des armes, les poursuites en biplan dans un ciel en feu, écharpe blanche au vent et moustache bien taillée, les codes de l'honneur et les équipages, la bravoure et le danger, terminé, c'est pas pour nous. Aucune occasion de monter au feu, de montrer sa valeur, sa vertu, son courage, je parle du vrai courage, estampillé, vérifié, le vrai courage, quoi... »

Antoine prit la bouteille et la vida au goulot avant de s'essuyer la bouche d'un revers de manche.

« Nous, là-dedans, qu'est-ce qu'il nous reste, tu peux me le dire ? Des cravates fantaisie et des cartes magnétiques. Le bonheur exaltant de remplir nos Caddie. Notre bataille, c'est la surcharge pondérale. On est les chevaliers du régime anticalories, les samouraïs du point-retraite. A part ça, rien à se mettre sous la dent. Rien à occire, rien à tuer, à part le temps...

— Encore lui ! »

Tant de faconde fit rire Cécile, d'un rire franc et spontané qu'elle essaya aussitôt de maquiller aux couleurs acides de la moquerie. Le vin n'y était que pour une petite part – la bouteille était presque vide, maintenant. A la vérité, ce n'était pas le moindre génie d'Antoine que d'avoir toujours su la faire rire. Mieux que quiconque il savait que le rire est la première ouverture qu'une femme concède, avant celle du baiser, du cœur et de l'amour, des cuisses et de l'étreinte. Et qu'il y a dans le rire féminin un premier abandon, une parenthèse dans les postures et les stratagèmes de la séduction, bref, une capitulation délicieuse qui laisse au prétendant un avant-goût de conquête. Les sens ne s'abandonnent pas encore, mais déjà les nerfs se trahissent d'eux-mêmes. C'est quelque chose qui est de l'ordre du réflexe, du spontané, quelque chose qui prend tout le visage de court. Un minuscule orgasme autorisé en public. Cécile ne dérogeait pas à la règle. Par son rire, elle se donnait un peu. Elle se reprit donc immédiatement, cachée derrière son verre ballon.

« Tu ris, continua Antoine, mais je te le demande sérieusement : qu'est-ce qui peut nous donner l'illusion de toucher l'absolu (elle entendit clairement *“l'abzolu”*) ne serait-ce qu'une fraction de seconde ?... »

Cécile fit la moue.

« Cherche pas, y a que deux réponses : la mort, la vraie, celle que l'on se donne avec un flingue, boum, terminé, plus personne... » Il eut un petit rire. « ... Et puis, surtout, surtout, la petite mort, celle que l'on se donne en s'affalant comme un cheval sur le corps d'une femme qu'on désire. Voilà. Parce que ce corps-là, au moins, c'est du vrai. C'est du concret. On en fait le tour. On va dedans. On visite. C'est notre petit monde à nous. Limité à ses propres contours. Rien qu'à nous. A notre mesure. Moi je te le dis, les lèvres et le ventre et les seins et les fesses des femmes ne remplissent pas seulement nos paumes grandes ouvertes... et nos doigts avides... ils comblent tous les vides que laissent les questions auxquelles pas un seul d'entre nous, pas un sur six milliards, n'est foutu d'apporter une réponse... »

Dans la pièce retentit un applaudissement. C'était Cécile qui, laminée, s'offrait un petit sarcasme pour sauver la face. En même temps, elle persifla avec un grand sourire :

« Pauvre petit bonhomme riche et bien-portant qui découvre que la vie passe vraiment trop vite et que, avant d'être un vieillard incontinent, il faut se dépêcher d'aller se culbuter quelques jeunettes toutes fraîches... Mais tu as raison, mon chou, la mort c'est très triste, et le suicide, ça fait bobo.

— Vas-y, ne te gêne pas. Mais quoi, reconnais-le, Cécile : franchement, vivre c'est ça ? Naître, s'agiter, bosser, tout faire pour que le corps continue de fonctionner, puis crever un beau soir avec un sourire con ? Tu trouves ça intéressant ? On est là, à se débattre, y a les courses à la supérette, les leçons de poney du mercredi, les blanquettes du dimanche, les bruits des machines à laver, le raclement des assiettes qu'on vide au-dessus de la poubelle, et puis ces vacances programmées, ces fêtes organisées où l'on grimace pour faire croire qu'on s'amuse et ne pas s'avouer qu'on veut aller se coucher parce qu'on est fatigué, fatigué d'une vie sans panache, sans gloire, sans rien... »

Cécile soupira.

« On est là à se languir, juste occupés à subvenir aux besoins quotidiens, faire la bouffe, faire dodo, faire caca et faire des petits dîners...

— Les petits dîners, maintenant.

— Mais oui, tu sais, ces fameux petits dîners où un jour on ne sait plus si on peut se permettre de dire "tu" aux autres invités, parce qu'à bien y regarder ils ne sont plus très jeunes... Et c'est comme ça que, de dîner en dîner, de réveillon chiant en réveillon chiant, on arrive à la retraite, gras du bide, bourré de cholestérol, en se disant : "Putain, vivre c'est déjà pas mal, je ne suis pas heureux mais je ne peux pas me plaindre, d'autres souffrent vraiment..."

— Oh, que oui.

— C'est d'ailleurs peut-être ça, la véritable atrocité, ne pas pouvoir se plaindre et ne pas se permettre l'indécence de chialer sur son sort alors que d'autres crèvent, crèvent la bouche ouverte... Ne pas pouvoir gémir alors que, franchement, rien ne sert de vivre si c'est pour vivre comme ça, juste biologiquement, tu vois ce que je veux dire, pas mieux qu'un lombric, mais avec la conscience d'avoir autour de soi non pas une taupinière, non pas un peu d'humus où l'on peut à sa guise tortiller ses anneaux, mais la Terre, bordel, la Terre tout entière, l'infini de la Terre, des choses, des pays, des paysages, des océans et des gens qu'on ne connaîtra jamais...

— Question de volonté..., lâcha Cécile avec tendresse, vaincue.

— De volonté ? Peut-être... Alors oui, je l'admets, dans ce cas je suis lâche, je suis faible, Cécile, car le temps passe vite et je ne m'y fais pas, c'est un courant d'air froid. Ce n'est pas de minettes que j'ai vraiment besoin, ni de tremper ma queue comme on trempe son pinceau pour voir si la vie peut être encore un art, c'est de jouir vraiment pour me sentir vivant, de donner de la sueur et des larmes et du foutre avant que l'on m'apporte ma purée de carottes et mes médicaments dans la salle à manger d'une maison de retraite... D'ici là, en tout cas, je refuse de me rendre sans me battre un peu... Mais arrête ! Qu'est-ce que tu fais ? »

Cécile venait de se lever, peu assurée, en prenant appui sur le mur. Elle s'approchait maintenant de lui avec dans la démarche un chaloupé et un érotisme qu'il ne lui avait jamais connus. Etait-ce la conscience floue de n'avoir rien à perdre, sinon Antoine, et que rien ne valait cela ? Un jeu un rien pervers, propre à réduire à néant sa belle démonstration et, du même coup, l'homme qu'il était à un jouet misérable ne fonctionnant qu'au désir ? L'ultime pirouette désenchantée d'une femme piquée au vif, bien décidée à utiliser les mêmes armes que sa rivale, quitte à en rajouter jusqu'à la caricature ? Ou bien ne s'agissait-il là que d'une envie à satisfaire sur-le-champ, la dernière cigarette du condamné ? Dépoitraillée à dessein, le corps littéralement collé à celui d'Antoine – une call-girl hors de prix n'aurait pas mieux fait –, Cécile lui passa les bras autour du cou et, par jeu, les deux mains fourrageant les cheveux de sa nuque, miaula en ondulant :

« Il veut se sentir vivant, mon petit mari prisonnier de la routine et des bruits de machine à laver ? Que dirait-il de revenir explorer ma petite planète personnelle, histoire de donner de la sueur et des larmes et tout le reste... J'ai par-devers moi quelques petites surprises propres à lui faire connaître la seconde d'absolu dont il semble avoir grand besoin... »

Les forces d'Antoine l'abandonnèrent d'un coup. Il n'avait pas prévu ça. Il s'en fallut d'un cheveu pour qu'il ne gâchât tout. Encore un mot, un souffle, un regard d'elle et il se laissait aller à la serrer dans ses bras, à implorer son pardon, à ramper devant elle. Il fallait trancher dans le vif.

« Laisse-moi. Tu as trop bu. Tu sais bien que ça ne rime à rien.

— Pourquoi ? Je n'ai pas le droit moi aussi d'être ta petite divinité... ton petit monde... Comment disais-tu tout à l'heure ?

— Limité à ses propres contours.

— C'est ça. Limité à ses propres contours. Et alors, mon petit chéri ? Ils ne te plaisent pas mes contours ? Ils ne te plaisent plus ?

— Non.

— Quoi ? Ça, ça et ça – elle avait empoigné sa main et la plaquait violemment sur sa poitrine, ses hanches, son ventre –, ce n'est plus assez bien pour monsieur ?

— Non », répéta-t-il, éperdu d'amour et de désir.

Cécile vacilla tout d'abord sur ses bases. Puis elle eut un rire fou, puis quelques larmes, puis à nouveau le même rire qui s'acheva en toux. Ce n'est qu'à ce moment-là qu'elle se jeta sur lui pour le rouer de coups et lui cracher à la figure, dans un vent de vin rouge, tout ce qu'elle connaissait – c'est-à-dire assez peu – en matière d'insultes.

Cela dura longtemps, jusqu'à épuisement. Il tenta bien d'apaiser sa colère mais elle hurla plus fort en se bouchant les oreilles, les yeux écarquillés et plantés dans les siens. Il s'arrêta de parler. Alors, enfin, elle accepta de se calmer.

Après avoir longuement dévisagé Antoine, ses beaux yeux bleus s'inondèrent de larmes. Sa bouche se tordit en une pauvre grimace. En la voyant s'écrouler au fond du canapé, sans cesse à répéter « Mais qu'est-ce qui t'arrive ? Qu'est-ce que je t'ai fait ? », Antoine réalisa combien Cécile était touchée. Il en fut satisfait et malheureux. Plein d'appréhension, aussi. Tout allait être plus dur, maintenant, il ne l'ignorait pas. En attendant la prochaine tempête, il n'y avait plus d'injures à se mettre sous la dent, il n'y avait plus de coups à se mettre sous la main. Cécile trop affaiblie pour lui flanquer des gifles, dans quelle pourriture abjecte ou dans quelle puissance d'amour allait-il puiser la force de lui parler ? Il l'ignorait. Ce qu'il savait, c'est qu'il n'avait que deux jours devant lui. Et que l'effroi qu'il s'inspirait n'avait d'égal que son opiniâtreté.

Antoine en était là de ses interrogations lorsqu'un petit soupir attira son attention vers l'autre extrémité de la salle à manger. Soudain minuscule, assise à même le sol à côté de la desserte, les jambes repliées sous ses cuisses et les joues sillonnées de rimmel, Cécile venait de remonter jusqu'à son menton une couverture invisible. Elle restait meurtrie, murée dans son silence. Antoine se risqua :

« Cécile ?

— Hmm.

— Je peux partir, si tu veux.

— Partir ? Ce week-end ?

— Oui.

— Tu vas rire. Mais ça tombe mal.

— Comment ça ?

— Ça tombe mal, c'est tout. Il vaut mieux que tu restes. Pour dormir, tu as le canapé. »

Sur ces mots elle se leva, éteignit une ou deux lampes et s'éloigna vers la chambre. S'arrêta net, fit demi-tour et s'approcha de lui. Il serra les paupières.

Mais l'aller-retour ne vint pas. C'est un baiser qu'elle avait décidé de déposer sur sa joue.

« Passe une bonne nuit quand même, mon pauvre Antoine.

— Bonne nuit à toi aussi.

— Tu penses à elle ?

— Tout le temps. »

Venu du fond de ses tripes, un coup de poing fabuleux plia Cécile en deux. Cassée par la douleur, hébétée, horrifiée, elle courut aux toilettes pour vomir. L'instant d'après, Antoine l'entendit sangloter sur son lit, d'un chagrin qui cette fois n'avait plus rien de silencieux. Quant à lui, il aurait préféré être écartelé plutôt que d'avoir eu à dire ce qu'il venait de dire.

A minuit, il sortit pour regarder les étoiles. Il y envoya mille baisers à ceux qu'il aimait – c'était une habitude qu'il avait prise les soirs de Saint-Sylvestre. Puis il se replongea dans la contemplation de son décor. Et se surprit à découvrir l'évidence même des choses, leur implacable, leur absolue logique. Oui, se dit-il, les humains vieillissent, oui ils ne sont jamais que des sabliers où leurs futures cendres commencent à s'écouler sitôt qu'ils sont sortis du ventre de leur mère. Simplement, certains moments mettent-ils cela au jour avec une acuité particulière – et Dieu sait qu'il s'en faut d'un détail, une lumière, une musique, un sourire, un vague à l'âme furtif qui nous fait communier avec la terre entière. Reste à jouer le jeu, en sachant qu'il est joué d'avance et qu'on n'attend de nous que d'être de bons perdants, sans remettre en cause ce qui est dans l'ordre des choses. Et sans feindre de croire à l'alibi selon lequel, toujours, ce serait à cause de lui, à cause du poids du quotidien que l'on est là, et pas ailleurs, très loin, en train de faire mille autres choses – monter au sommet des gratte-ciel de Kowloon, chevaucher un pur-sang sur les terres rouges de Dinetah, glisser sur les glaces du lac Argentino, pêcher les poissons jaunes de Rangiroa, aller se naufrager dans la baie de Pelabuanratu.

Le pire dans ces moments-là – triste consolation – réside dans l'impression qu'on a de s'en remettre à ceux qui seront pour toujours nos objets de tous les jours. Et qu'il en sera ainsi, voyages immobiles après voyages immobiles. Parce qu'ils nous tiennent, tant leur disposition même, si bien pensée, avec tellement de goût, semble répondre à des forces occultes occupées tout entières à nous neutraliser. Et parce que même les vides qui font résonner les murs d'un salon paraissent aussi solides que le bois, les plâtres ou les tissus dans lesquels ils s'imbriquent : en cela, ces vides sont des mirages à l'envers. On croit qu'ils ne sont pas, mais ils sont. Pas le moindre interstice ne les sépare des masses solides. Rien où passer la main, ni un doigt, ni un ongle, ni le plus petit rêve. Et encore moins de lueur susceptible d'attirer quiconque se refuse à contrarier pour de bon le cours de sa vie.

Bifurquer, c'était justement ce que comptait faire Antoine, lui pour qui les pages « Voyages » des magazines constituaient une véritable torture. Sur un mot de Marion, il allait partir. Abandonner ses livres, ses souvenirs, ses bibelots, ses meubles, ses disques, ses tapis, son aquarium, ses enfants, sa voiture, sa femme, ses albums de famille, son argenterie, sa brosse à dents, tout. Et cette pensée-là, à elle seule, le retint prisonnier dans le rond jaune d'un abat-jour toute la nuit. Sans autre fuite possible que celle du ciel bronze plaqué aux carreaux de la fenêtre. Sans même la tentation d'appeler une fois Marion.

Cette torpeur infinie, et très mélancolique, l'emporta : il s'endormit d'un sommeil qu'il croyait dur comme fer être celui du juste.

5.

Quand le jour filtra dans la maison, Antoine était encore endormi. Mais bientôt le ciel gris et lumineux eut raison de son sommeil.

Il avait fait un drôle de rêve. Au détour d'un chemin bordé de chênes et de rochers énormes, il visitait une grande maison anglo-normande, pleine de mystères et de souterrains, à moitié en ruine mais encore flanquée d'un incroyable fatras de petits toits pointus, de tours et de balustrades. Des fastes de jadis ne subsistaient que baies éclatées, murs défoncés, cloisons à vif, papiers peints arrachés comme une peau sur une plaie. Elle suppurait par toutes ses blessures, vomissait du plâtre et saignait de la rouille. Des tas de sable et des bétonnières, parmi un bric-à-brac de vieilleries à jeter, donnaient cependant le vague espoir d'un renouveau possible. A l'intérieur même, tout n'était que gravats, planchers crevés, étages interrompus, cages d'escaliers béantes. Fascinante désolation. Il se risqua encore au bord des précipices qu'ouvraient ici et là des paliers effondrés. C'est alors qu'au fond d'un minuscule couloir, et tandis qu'une lueur en éclairait le seuil, il entendit un bruit et qu'une femme, brune, ravissante, apparut. Elle avait l'air d'une petite fille triste dont les rêves de princesse n'ont jamais vu le jour. Les yeux pleins de promesses, elle l'invita à la suivre. Ils étaient deux enfants qui explorent leurs regrets et jouent à se faire peur. A l'entrée d'une chambre, elle le laissa passer, puis il se retourna et elle n'était plus là. Avait-elle seulement existé ? On pouvait en douter : quand il retrouva le grand jour, et le jardin, et les décombres, il s'aperçut que les chênes, sur le chemin, étaient tous en plastique et qu'un simple coup de pied envoyait valdinguer le plus gros des rochers.

Pensif, à peine sorti des brumes de ces images étranges, Antoine tituba jusqu'à la cuisine pour se préparer un café. Peu après, le breuvage balançait sa masse noire dans un de ces bols blancs de ferme qui avaient sa préférence : les quatre doigts en dessous et le pouce cassé sur le rebord de terre cuite, il s'y brûlait à coup sûr mais c'était la règle du jeu.

Il sortit dans l'aurore humide et, d'instinct, gagna la forêt. A grands coups d'orange, de jaune et d'ocre, l'automne y avait allumé un incendie qu'une pluie verticale s'appliquait maintenant à éteindre. Les feuilles roussies jonchaient déjà le sol. Pas un cri d'oiseau dans cette grisaille odorante à peine piquée d'une pointe de bois fumé. Juste le claquement sec, régulier, des gouttes sur la mousse, la pierraille du chemin, les massifs de bruyères, le cuir de ses chaussures et le chapeau des champignons.

Il allait son chemin. Bercés par la marche de son corps engourdi, les souvenirs de la veille assaillaient son esprit dans un désordre digne des pires gueules de bois. Il retrouvait, pêle-mêle, les images les plus nettes et les plus incongrues, les mots les plus douloureux comme les détails les plus anecdotiques. Les lèvres de Marion refermées sur sa cuillère, ce rien de chocolat aux commissures vite effacé d'un coup de langue, le mouvement giratoire d'une Cécile fatiguée remuant sa soupe ; le menu du jour au *Babylone*, les motifs rouges de la nappe du bistrot, les ordres du patron à son garçon de salle, les bracelets de Marion en suspens sur ses poignets diaphanes, les cris de Cécile, ses propres mots, ses regrets – « Mon Dieu, dites-le-moi, dites-moi que ce n'est pas moi qui lui ai dit tout ça... »

Mais voici que déjà apparaissaient devant lui la croisée des chemins – l'un menant au village, l'autre conduisant au château – et cette allée bordée d'arbres centenaires descendant en pente douce jusqu'à la voie ferrée reliant Paris à Dreux.

Un moment, Antoine resta immobile au centre de cette étoile de terre. Puis ça le prit d'un coup. Loin au cœur des bois, là-bas, les rails l'attirèrent irrésistiblement. Plus fort qu'un aimant, ces deux rails parallèles bien brillants sous la pluie, ce gigantesque signe « égale » l'attendait pour résoudre l'équation de son être et tirer un double trait final sur sa vie. Il était là, le salut, le choc magnifique qui sauverait d'un coup une existence faite de faux-semblants, de demi-mesures et d'angles arrondis. Un éclair d'intensité totale, un éclair définitif, mais quel éclair ! De quoi faire de la mort le plus beau moment d'une vie, avec pour seuls témoins les arbres, la pluie, quelques oiseaux et, qui sait, une jolie biche tapie dans les ronces.

Antoine fit quelques pas. A présent qu'il était sur cette pente descendante, rien ne pouvait plus l'arrêter. Il se vit – ah ! la belle et grande scène ! – remonter jusque chez lui ventre à terre, foncer vers le garage, y déloger son vélo, l'enfourcher, puis se mettre à pédaler, pédaler, pédaler à s'en péter le cœur, cheveux mouillés, chemise en sueur, pédaler jusqu'à la croisée des chemins et la traverser, direction la voie ferrée, en sifflotant l'air connu transformé pour la gloire :

Quand je partais de bon matin
Quand je partais sur les chemins
(trompettes : tudu tudu)
A bichyclette-eu

Y avait ni Paulette ni Firmin
C'était pour m'jeter sous un train
A bichyclette-eu...

Et tandis que le train, le vrai, s'annonçait justement au loin – celui de 6 h 11 –, que le grondement du convoi s'amplifiait sous le ciel et que la locomotive grossissait à vue d'œil, Antoine s'imagina mettre pied à terre, ranger sa bicyclette et, sur le ballast vibrant de l'arrivée du monstre, marcher, paisible, à sa rencontre, sans trembler, en se contentant juste de faire bonjour au cheminot en signe d'amitié, histoire que celui-ci le salue à son tour avant de réaliser puis de freiner trop tard. Oui, voilà, à ce moment-là, ce qui lui traversa la tête. Il était convaincu que c'était de cette manière qu'aurait dû s'achever sa vie. Dans un écrabouillement à faire claquer sèchement une goutte de sang sur une photo de famille, dans un crissement de freins à vous réveiller en transe mille épouses bien-aimées.

C'était omettre que ce courage-là, précisément, lui faisait défaut. Antoine sourit, pas dupe. Rien ne vaut la tentation d'un suicide quand on veut s'en épargner la tentative. D'ailleurs, quel intérêt ? Que vaut le souvenir d'un mort aux yeux des vivants ? Et, si par malheur on en réchappe, que vaut la vie d'un mutilé aux yeux des bien-portants ? La mort des autres est à mourir d'ennui. Dans les dîners, le malheur casse l'ambiance. La maladie, la décrépitude physique de nos semblables n'attirent la compassion que de saints austères qui ne boivent ni ne bouffent, ou pis encore, de dames patronnesses à qui la charité tient lieu de compagnon. Pour le reste, c'est de bonheur et d'insouciance que tout le monde a envie. Le temps de sécher leurs larmes devant la tombe de l'ami cher, les belles se repoudrent déjà le nez et se consolent en riant dans les bras et les draps de bellâtres en pleine forme. Pleurent sur leur balance pour deux cents grammes de trop, avec sur leur fond de teint exactement les mêmes larmes que celles qui y coulaient lors de funérailles déjà oubliées. S'achètent des petits gâteaux et craquent pour des minijupes. Préparent leurs vacances de non-malades et de non-mortes. Vivent, en somme, vivent que c'en est incroyable, et en toute bonne conscience avec ça. La terre, dont quinze pelletées viennent d'être jetées sur un cercueil, ne va pas pour autant s'arrêter de tourner. Et, comble du cynisme, il n'est pas jusqu'au voile qui assombrit leurs yeux au souvenir d'un défunt qui ne les rende plus belles encore, plus troublantes à vrai dire, sans doute parce qu'alors la beauté, comme l'erreur, devient humaine, et qu'il est rassurant de se dire que sous des balconnets de lingerie fine il y a aussi un cœur.

Au loin, dans la forêt, un train passa. Et dans la poche d'Antoine le téléphone sonna.

« Oui ?

— Ne me dis pas que tu dormais.

— J'ai dormi. Un peu. Très mal.

— Où es-tu ? J'entends un bruit.

— C'est un train qui s'éloigne. Je suis dans la forêt. Pas loin de la voie ferrée.

— Tu regardes passer les trains, maintenant ?

— Je l'ai toujours fait.

— J'ignorais. Bon, alors ? Où en es-tu ? »

Antoine se racla la gorge.

« C'est l'horreur, Marion. J'ai l'impression d'être un boucher.

— Comment ça ?

— Cécile sait qu'on se voit. Blandine... Blandine Méniez, tu te souviens ?... Blandine lui a dit qu'elle nous avait vus, au *Babylone*. C'est sa grande confidente.

— Tu lui as tout dit ?

— Pas tout. Pas encore. C'est trop dur. Tout ça n'était pas prévu.

— Il faut que tu ailles jusqu'au bout, Antoine.

— J'ai jusqu'à lundi, tu me l'as déjà dit.

— Ecoute, ne le prends pas comme... allô ?

— Attends, je bouge un peu... C'est la forêt. Tu m'entends, là ?

— Ça va mieux.

— Je vais tout lui dire, Marion. Rassure-toi. Mais ne m'appelle plus. C'est assez difficile comme ça. »

Un soupir se mêla aux parasites qui encombraient la ligne.

« Je comprends. Je ne t'embêterai plus. Mais avant, dis-moi juste... comment réagit-elle ?

— Très mal. Au début, elle a voulu sauver les apparences. Et puis après elle s'est écroulée. Surtout quand elle a su que c'était toi au restaurant.

— Je vois. Tu en as trop dit ou pas assez. Pour elle, c'est le cauchemar. Pauvre Cécile. Je la plains.

— Tu peux.

— Ne la laisse pas comme ça, Antoine. Maintenant il faut que les choses soient claires. Fais-le pour elle. Et pour moi.

— Je te promets que je fais ce que je peux. Mais ça ne sort pas. J'ai peur de la tuer.

— Justement. Autant ne pas en rajouter.

— Si tu crois que c'est facile. Elle... elle n'a vraiment pas mérité ça. La voir souffrir, c'est une torture.

— Antoine, je comprends, mais je t'en supplie, ne craque pas. Pas maintenant. Nous n'avons pas le choix.

— Je... Je te rappelle lundi. Je t'embrasse.

— Moi aussi je t'embrasse. Au fait, bon anniversaire.

— C'est aujourd'hui ?

— Eh oui. C'est même pour ça que je t'appelais. En fait, je pensais tomber sur ta messagerie.

— J'avais complètement oublié. Quarante-deux ans. Et merde.

— Tu l'as dit. Allez, je t'embrasse. Très, très, très fort.

— Moi aussi. A très vite. »

Un baiser claqua à l'autre bout de la ligne et Antoine se retrouva de nouveau seul avec ses pensées. Parmi elles, et comme il s'en retournait chez lui, une idée s'insinua peu à peu, devenant de plus en plus précise à mesure qu'il approchait du village : si Marion était dans le vrai en lui souhaitant un bon anniversaire – or il n'y avait aucun doute là-dessus, on était bien le 30 octobre –, cet événement devait forcément avoir un lien direct avec l'air mystérieux qu'avait pris Cécile pour le sommer de ne pas partir, du moins durant le week-end.

C'était ça, l'évidence. Plus grave encore : maintenant qu'au rythme de son pas l'idée avait fait son chemin, il craignait de trop bien comprendre ce qui se profilait derrière la phrase anodine de sa femme. Rien d'autre que l'effrayant, l'abominable anniversaire surprise. Comment n'y avait-il pas pensé plus tôt ? Et il fallait que cette corvée atroce tombât précisément ce samedi !

Le portail grinça sur ses gonds. A présent, il était trop tard. Impossible de reculer et de décommander les invités prévus. Les dés étaient jetés. La meilleure chose à faire, c'était de gagner du temps, de ne pas être trop présent en attendant l'épreuve. Il rentra chez lui, grignota un peu de pain, se versa du café. Aller au marché lui sembla la meilleure des échappatoires. Il monta dans sa voiture et partit pour Orgerus.

Au bruit du moteur, Cécile souleva une paupière. Rien ne respirait, rien ne palpitait à côté d'elle. A la place d'Antoine, il n'y avait qu'un oreiller froid et une couette bien repassée.

La dispute, la gifle, Marion, tout lui revint petit à petit en mémoire. Mais l'absence d'Antoine, de cette grande carcasse à son côté, cette absence-là, inaccoutumée, lui était douloureuse.

Engourdi par les effets de deux somnifères absorbés tard dans la nuit, alourdi par les vapeurs et les relents âcres du vin, son corps lui parut de sable. Mais elle se leva et, poupée de chiffon ébouriffée, alla se désaltérer à même le robinet de la salle de bains. Il devait être huit heures. Trop tôt pour commencer sa journée, surtout un samedi. Triste à mourir, elle se recoucha.

Dans ce petit bourg situé à trois kilomètres de Garanville, le samedi était jour de marché. Sur le terre-plein de la mairie, les marchands avaient déjà tout déballé de leur camion. Ici, on trouvait ce qu'on voulait : charcuterie, articles de chasse, fromages, champignons, bottes en caoutchouc, fleurs... Ça sentait bon.

Les belles blondes siglées Hermès accompagnées de leurs chiens de race n'avaient pas encore garé leur Land-Cruiser sur le trottoir. Le concours de Barbour et de Paraboot n'avait pas commencé. Il flottait dans l'air un vrai parfum de province, et seuls les gens du cru occupaient la place. Comble du miracle, bénédiction du syndicat d'initiative, certains avaient même l'accent. Tout ça vous aurait fait un joli petit reportage sur France 3 Ile-de-France, sous réserve que les plans eussent été pris assez serrés pour laisser hors champ les pylônes de la plaine et le hideux lotissement dont le maire n'avait pu empêcher qu'il défigurât le site au nom du sacro-saint Plan d'occupation des sols.

Pour un peu, Antoine aurait eu l'humeur vagabonde, celle que chérissait tant l'un de ses écrivains favoris. Par réflexe, il balaya du regard les voitures présentes pour repérer d'emblée qui de sa connaissance était sur les lieux. Dans ce genre de contrées, avant d'être des yeux, un nez, un visage, les gens sont d'abord des phares, une calandre, une voiture. Mieux que n'importe quoi, celle-ci signe en effet la présence de tel ou tel – de telle ou telle, surtout. Mais, en l'occurrence, ni l'interminable break Ford gris 663 BMZ 78 de la belle Laurence, ni la Twingo 111 SVA 78 de la rousse Astrid, ni la Saab 874 KBE 92 de la délicieuse Nathalie – pourtant toujours là le week-end – ne pointait son capot lustré à l'horizon.

Quoique inavouablement déçu, Antoine n'en eut que davantage le loisir de se consacrer au but de sa promenade : dénicher des cèpes, des cèpes bien gras, bien moussus et terreux. Ce fut bientôt chose faite. Pour moins de cent francs le kilo, il trouva de quoi remplir un sac de ce champignon roi dont jamais de sa vie il n'avait eu autant envie.

Il s'apprêtait à s'en retourner, presque heureux, quand une main s'attarda sur son épaule – trois secondes, quatre peut-être, en tout cas plus qu'il n'en faut pour adresser un simple bonjour amical. C'était Agnès, l'une de ces jolies mamans à grand monospace et petit destin qu'il rencontrait fréquemment à la sortie de l'école. La trentaine juste entamée, pas grand-chose sous le serre-tête Cyrillus, mais avenante. Son très bon chic bon genre Renault Espace 431 AEV 78 avait échappé à Antoine. Elle se tenait devant lui, arborant gaiement sa tenue de week-end – veste de chasse ouverte sur un col roulé épinard, fuseau beige et bottes en cuir.

« Alors, Antoine, tu es tombé du lit ? »

Ils se firent la double bise des gens bien.

« Tombé du lit ? Encore eût-il fallu que je m'y couchasse, ma très chère. »

Elle réprima un rire. Il était un peu tôt pour les imparfaits du subjonctif.

« Tu as découché ? Oh, le vilain.

— Découché, non. Pas exactement. Pourquoi ? Des regrets ?

— Ma chambre n'a pas de balcon. Et tu n'as pas de mandoline.

— En fait, je me suis endormi dans un fauteuil du salon. »

Elle eut un petit air coquin assez irrésistible.

« Tu es mignon quand tu te justifies.

— Mais je ne me justifie pas. Je me suis endormi, c'est tout. Et réveillé avec le jour. D'où ma présence ici, de si bonne heure. Et le plaisir exaltant de te rencontrer.

— Je n'en demande pas tant.

— Moi, si.

— Ta femme va bien ?

— Très bien.

— Et tes enfants ?

— Merveilleusement. Mes oncles et mes tantes aussi. »

Elle eut le sourire ravissant et un peu las qu'elle pouvait avoir quand elle cessait d'en faire trop.

« Comment ?

— Je disais : mes oncles et mes tantes vont très bien, merci. Tu as l'air de te passionner pour ma famille, alors je t'informe. Il y a juste mon oncle Louis qui fait un peu de goutte, mais à part ça, tout roule. A propos de rouler, tu es contente de ta nouvelle voiture ?

— Hein ? Ah, euh... oui, oui. Un vrai petit camion. »

Agnès avait répondu sans y penser. Elle sentait la conversation prendre un drôle de tour. On ne sait par quelle urgence, son regard s'éleva soudain au-dessus de l'épaule d'Antoine comme si acheter dans la minute une tranche de mortadelle était une question de vie ou de mort. Elle s'éloigna d'un pas ou deux pour inspecter l'étal du charcutier, suffisamment pour qu'Antoine eût le loisir de la détailler.

Blonde, les yeux bleus, un peu en chair mais bien faite, la jeune femme n'avait rien de spectaculaire à première vue. Mais à bien y regarder, il se dégageait d'elle une spontanéité rafraîchissante et, pour tout dire, très séduisante. Sans le savoir, Agnès incarnait l'insouciance de la jeunesse – une jeunesse dorée, de préférence, celle des jeunes filles du Chesnay qui rentrent du tennis en se chuchotant des secrets sous les marronniers en fleur, les seins tout neufs moulés dans une Lacoste blanche, les cheveux noués en queue-de-cheval et la jupe flottant sur des cuisses bronzées au soleil de Ré. C'était assez pour qu'en un instant elle revêtît aux yeux d'Antoine toutes les apparences du cobaye idéal. Mieux encore, il voyait là l'occasion d'assouvir une vengeance trop longtemps mûrie à l'encontre des saintes-nitouches de tous ordres qui, inconscientes ou inconsistantes, s'y étaient toujours bien entendues pour lui reprendre en un clin d'œil ce qu'elles venaient de lui donner en un regard. Ce fut donc aiguillonné par cet état d'esprit, mais en se faisant néanmoins violence, qu'Antoine décida de poursuivre sur un mode différent un entretien si courtoisement commencé.

« Ton mari n'est pas avec toi ?

— Eh non ! Il est au golf, avec les garçons. Moi, j'ai horreur de ça.

— Et dans ce cas-là, il te laisse toute seule.

— Ah oui, sans problème. Ça ne le dérange pas plus que ça. Mais tu sais, moi aussi, j'aime bien, de temps en temps...

— Je comprends ça. Je suis comme toi. Ecoute, Agnès...

— Oui ?

— On se connaît un peu tous les deux...

— En effet.

— On est adultes, majeurs et vaccinés.

— Certes.

— Et ton mari n'est pas là.

— Et alors ?

— Et alors ? » Antoine respira plus fort qu'avant une descente en apnée sous la banquise. « Et alors on va chez toi, je baisse mon froc et je te fous un coup que tu n'es pas près d'oublier, ma cocotte.

— Pardon ? »

Le cœur d'Antoine battait à tout rompre. Ce n'était pas lui qui avait dit ça. Ce ne pouvait pas être lui. Il avait si peu l'habitude de provoquer. On ne gomme pas comme ça quarante ans de bonne éducation. Et pourtant.

« Tu m'as très bien compris, reprit-il d'une voix blanche mais décidée. On va chez toi, on ferme à clé, je baisse mon froc, tu me montres tes fesses, et crac. On baise, on copule, on fornique, quoi. Entre adultes absolument pas dupes de la situation, mais qui cherchent seulement à se faire du bien. C'est un crime ?

— Antoine, ou tu plaisantes, et ce n'est pas drôle, ou tu es sérieux, et tu m'inquiètes. »

Antoine inspira à nouveau. Ça allait mieux, maintenant. Il se sentait même gagné par une sorte d'excitation qui n'avait rien de désagréable.

« Agnès, pas de ça avec moi. Pas le coup de la vierge effarouchée. On est pareils, tous les deux. On est des gens charmants, bien élevés, mais là, tu vois, moi j'ai follement envie de manger des cèpes et de faire l'amour. Avec toi. Et je suis sûr que c'est réciproque.

— Des cèpes, maintenant. Tu délires, ma parole.

— Je vais très bien. Je suis même très en forme. Tu rates quelque chose, je te le garantis.

— Et quand bien même ta délicate proposition de bouffer des cèpes et de me culbuter ne me choquerait pas outre mesure, qu'est-ce qui te dit que, moi, j'ai envie de toi ?

— Tout. Tout me le dit. Ta main, tout à l'heure, sur mon épaule. Ton petit air coquin quand tu m'as dit que j'étais mignon. Et aussi la jolie dentelle que je devine là... »

La main d'Antoine épousa furtivement le sein de la jeune femme.

« Arrête ou je te gifle. Devant tout le monde.

— Ça fait circuler le sang.

— Je te plains. Tu es pitoyable. Maintenant, laisse-moi !

— Pas si vite. J'ai pas fini. »

Un étau d'acier se referma sur le bras d'Agnès. Cette fois, elle n'eut même pas envie de hurler.

« Ecoute-moi bien, petite conne. L'avantage des putes, c'est qu'elles sont honnêtes. Toi, tu ne l'es même pas. Tu joues ta mijaurée alors que tu ne penses qu'à une chose.

— A quoi ?

— Au bon gros service trois pièces des hommes, évidemment. Et à tout ce qu'il y a autour, poils, sueur, cris, râles, mots salaces.

— Tu dis n'importe quoi.

— N'importe quoi, mon cul. C'est de ça que vous parlez entre vous. C'est ça qui vous obsède et qui vous fait piquer des fous rires de collégiennes. On peut être un génie, un poète, un magicien, y a rien à faire, c'est désespérant, ce qui vous excite c'est toujours le même couplet, les mêmes bellâtres débiles, les mêmes chanteurs tarés, les mêmes acteurs bien coiffés, bien maquillés, avec leur torse bronzé et leurs putain de pectoraux à la con...

— Tu me fais mal.

— Tant mieux. Si tu avais voulu, on se serait fait du bien, toi et moi. Dommage... C'était juste un frisson, ce que je te proposais, un peu de cœur qui bat, juste une petite bêtise dans une vie monotone... mais non, Madame ne veut pas, Madame est trop bien pour ça...

— Je n'ai jamais dit ça.

— Tu le penses. Tu me juges. Tu te dis que je suis fou, violent, ou obsédé. Je suis peut-être les trois, mais je vois clair en moi et je vois clair en toi... Après, ce sera trop tard...

— Pourquoi ? »

L'infime pointe de regret qui avait percé sous la question n'échappa guère à Antoine. Il n'en tira aucune gloriole, mais constata qu'il ne s'était pas trompé. Agnès était trop propre sur elle pour être honnête. Sous ses vêtements de bonne coupe, derrière ses airs de nonne et entre deux biberons, il y avait sûrement de quoi affoler quelque avocat, notaire ou dentiste de passage pour peu que celui-ci possédât un cabriolet italien et sa carte du Rotary.

« Pourquoi ? Quelle question ! Mais parce que d'ici peu, plus personne ne voudra de toi, ma pauvre chérie... pas même un vieillard, pas même le monstrueux charcutier pustuleux qui vient de te servir... personne ! Et encore, ce ne sera rien par rapport à la suite, l'instant d'après tu seras une vieille peau, une sorcière plâtrée de crèmes hors de prix, une momie pour chirurgiens tout juste bonne à être jetée dans le trou en emportant dans l'au-delà le souvenir d'une proposition, oh rien de vraiment méchant, celle d'un homme qui avait envie de toi un jour de marché, lorsque tu étais jeune et que ton con de mari, qui ne te regardait plus, allait pousser ses baballes dans des trou-trous bien entretenus...

— Qu'est-ce que tu en sais ? Bien sûr qu'il me regarde.

— Il te voit. Il te voit faire la vaisselle, changer les couches et revenir d'Auchan avec tes sacs de provisions. Mais il ne te regarde plus.

— Il me connaît, ça lui suffit.

— Ce qu'il ne connaît pas, c'est sa chance. Tu es appétissante, très appétissante même, dommage que tu ne le montres pas assez.

— Merci.

— Alors c'est toujours non ?

— Toujours.

— Très bien. Je n'insiste pas. Mais tu le regretteras un jour. Je te laisse à ta petite vie, à ton petit mari, à tes petits enfants, à ta petite maison, à tes petits souvenirs, à ton petit album photos, à ton petit service à thé, à tes petits fantasmes. Pour toi va bientôt sonner l'heure du bilan. Un mari jamais là, trois enfants sur le départ et puis les premiers dessèchements du corps. Je te souhaite de crever tôt, dévorée par un requin ou écrasée par une Aston Martin, d'une mort qui ait plus de gueule que ta vie.

— Lâche-moi, maintenant, ou je hurle. »

Antoine lâcha prise. Un crachat lui arriva en pleine joue. Agnès se massait le bras en grimaçant de douleur.

« Je plains ta femme. Elle doit souffrir.

— Elle souffre. Mais tu n'imagines pas à quel point je souffre de la faire souffrir. Vivement que je parte loin d'ici...

— Toi, loin d'ici ? J'ai du mal à le croire. Mais après tout, je m'en fous. Tout ce que je veux, c'est ne plus te croiser. Et si tu pars vraiment, sache qu'en te comportant comme ça, tu ne seras pas regretté par grand monde. »

Antoine regarda Agnès s'éloigner. Même s'il s'était fait peur, il s'en était bien sorti et ne se lassait pas de se répéter les derniers mots qu'elle lui avait adressés. Dieu merci, elle ne se retourna pas, lui épargnant la honte d'être vu en sanglots, partagé entre la joie et la douleur. Maintenant qu'il s'était échauffé, et avant d'affronter sa famille et ses amis, il se demandait s'il n'allait pas poursuivre l'entraînement. En allant traiter le boucher – un ami – d'étron vivant et sa femme de truie. En allant torgnoler la fille de la boulangère – neuf ans à peine, une gamine adorable, et déjà à la caisse – sous prétexte d'une monnaie mal rendue. En allant pisser dans les cageots de girolles du primeur si gentil qui lui avait vendu les cèpes. Il y renonça. Ce n'était pas le propos. Il décida de rentrer.

6.

Pour les quadragénaires désenchantés, oublieux de leurs idéaux de jeunesse et résignés à leur sort, il en va des anniversaires surprises comme de ces petits rots qui succèdent aux déjeuners dominicaux : on se les autorise, pourvu qu'ils ne fassent pas de bruit pour les voisins. Ces fêtes, dont il serait pour le coup réellement surprenant qu'elles n'aient pas lieu année après année avec la régularité des équinoxes, constituent un gage de fantaisie dans des vies qui en sont dépourvues, une sorte de bain de jouvence désespéré, bref, un peu de poil à gratter glissé sous les aisselles du héros que chacun aurait rêvé devenir.

Si rigolos et spontanés qu'ils veuillent paraître, les anniversaires surprises n'en répondent pas moins à des règles précises. Il n'est pas rare de voir, bien avant l'échéance, les amis de l'heureux élu abréger certains soirs leur journée de travail uniquement dans le but de préparer la ribouldingue. La machine infernale est alors lancée. Dans une ambiance de complot un rien potache, ils désignent un volontaire réputé pour son sang-froid et pour sa faculté à ne pas céder au premier fou rire venu. Sa mission : rabattre le gibier.

De réunion en réunion, le jour J arrive enfin. Le

rabatteur, héroïquement sérieux, accomplit sa besogne. Le piège se referme alors sur la victime consentante, et peu importe, franchement, qu'elle ait ce soir-là le teint gris, le cheveu gras et l'envie de se gaver de crème glacée devant un téléfilm crétin. Maintenant il est trop tard et elle le sait. Elle se voit débarquer dans un lieu choisi à l'avance en emboîtant le pas de l'ami braconnier qui l'y aura conduite sous un prétexte quelconque. Elle fait mine, bien sûr, de ne s'apercevoir de rien, malgré les rires étouffés et les planchers qui craquent derrière la porte du salon. Elle pousse même le zèle jusqu'à parler plus fort pour ne pas tout gâcher, acceptant le rafraîchissement que l'espiègle ami vient de lui proposer. Et lorsque – ô surprise ! – la porte cède enfin, lorsqu'elle finit par s'ouvrir en grand dans un vacarme épouvantable, libérant une bande de quinze copains au cri simultané de « Bon anniversaire ! », c'est encore et toujours avec conviction qu'elle en reste bouleversée, avec juste assez de force pour pouvoir bredouiller : « Vous y avez pensé ! », tandis que les convives, trop contents de leur coup et faussement modestes, y vont l'un après l'autre de leur bourrade ou de leur baiser tendre.

Joie feinte, rires forcés et gâteaux excessivement caloriques, voilà ce qui attendait Antoine en ce 30 octobre. Voilà ce qu'on lui préparait avec d'autant plus de certitude que la date tombait pile sur un samedi vierge de tout projet. Mais après tout, songea-t-il, pourquoi pas ? Si telle était l'obligation à laquelle il devait se soumettre, si tel était le vœu de Cécile pour sauver les apparences, alors le mieux pour lui consistait à retourner la situation à son avantage. Histoire de poursuivre à plus grande échelle ce qui venait d'être ébauché sur la personne d'Agnès.

D'ailleurs, la situation s'y prêtait. Il n'aurait pas besoin de se donner trop de mal. Non pas qu'il n'aimât plus ses amis. Du moins ne les aimait-il plus comme il l'aurait voulu. Certes, lorsqu'ils se voyaient, il leur arrivait encore de se pencher ensemble sur leur passé, vivier commun et peu profond dont ils extrayaient tel souvenir frétillant, telle blague vaseuse ou encore tel débat suffisamment consensuel pour ne pas faire de vagues. Mais cela faisait bien des années qu'Antoine et eux ne pêchaient plus qu'en eau plate. Désormais, ils se contentaient de s'observer les uns les autres sans faire de bulles, sans se faire de bile, de peur de faire déborder leurs aquariums respectifs. Et cette manière polie de se connaître bien et de s'en contenter leur tenait lieu d'amitié. Du tintement de leurs rêves ne restait qu'une mauvaise eau au fond d'un verre. Au fil des années, elle avait fini par prendre le goût du Frigidaire où chacun stocke ses idées rances, ses folies réchauffées et les miettes séchées de ses anniversaires. On ne construit rien sur des glaçons fondus.

Onze coups sonnèrent au clocher d'Orgerus. Dans la cuisine, Cécile regarda sa montre, affolée. Elle s'en voulait de s'être recouchée et rendormie. Elle avait pris du retard. Accroupie devant son four pour en régler le thermostat, elle se leva d'un bond pour aller dénicher un pot de crème au fond du frigo avant de retourner surveiller le gâteau, persuadée qu'en cinq secondes il avait pu changer d'aspect. Puis elle repartit de plus belle, s'essuya les mains sur son tablier, coinça derrière son oreille une mèche rebelle, jura contre un tabouret mal placé, pivota, virevolta, s'affairant ici et là. Les enfants l'imitaient. Plus concentrés qu'un jeune prêtre portant le saint sacrement lors de sa première messe, ils apportaient tour à tour à la salle à manger assiettes en porcelaine et verres de cristal. « Vous savez, les jolis, ceux qu'on sort pour les invités », leur avait dit leur mère.

Antoine, de son côté, était sur le point d'arriver lorsque, pour la première fois depuis qu'il habitait le village, il éprouva le besoin de s'arrêter au cimetière de Garanville.

D'un pas lent, il en parcourut les allées. A cheminer ainsi parmi ce petit peuple de croix moussues, de caveaux érodés, de vases vides, de stèles en marbre sobre et de portraits sortis de nulle part – « A mon Jean-Louis », « Pensées pour notre grand-père bien-aimé », « Souvenirs de tes camarades » –, à trop laisser ses yeux balayer ces vies coincées entre deux dates, il en perçut peu à peu, presque physiquement, les appels muets et le charme pernicieux. Ce n'était pas désagréable. Pendant un moment, il se laissa même aller à cet étrange vertige lorsque soudain, sans qu'il sût pourquoi, une peur panique s'empara de lui, celle que l'on éprouve parmi des animaux d'autant plus redoutables qu'ils sont d'aspect placide. Alors il accéléra le pas. Se retourna dix fois. Sentit son cœur cogner. Et c'est poussé dans le dos par cette armée de faux amis qu'il gagna finalement la sortie. « Rends-toi compte que tu vis, Antoine, le gravier sous tes semelles tu l'éprouves encore, le vent sur tes joues tu le ressens encore, l'odeur d'herbe humide tu la respires encore, cette pluie qui crépite tu l'entends encore, et ce camion qui passe..., Alors sors d'ici, sors très vite d'ici, sans perdre une minute... » Il fut reconnaissant au portail du cimetière de n'avoir pas changé de place. Plus encore, il aima la poignée de fer qui, sans un grincement, le rendit aux vivants.

Cécile le vit rentrer à la maison le cœur léger, jeter le sac de cèpes sur la desserte de l'entrée et lancer, théâtral :

« Qu'est-ce qui sent bon comme ça ?

— Ça doit être le bonheur. Attention. »

Il sentit le vent. Non pas celui du boulet – quoique –, mais celui, parfumé au canard, de la porte de la cuisine ouverte sans ménagement. Les mains encombrées d'un plat de crudités, Cécile en déboula, esquiva son mari de justesse, avant de glisser, hiératique, jusqu'à la salle à manger. Elle portait l'un de ces larges cols roulés en laine vierge dans lesquels les femmes aiment à se pelotonner quand elles n'ont pas envie de plaire, de paraître ou de sortir, mais juste celle de boire un thé au coin du feu, un bon livre sur les genoux.

Antoine lui emboîta le pas. Tout gonflé de vie qu'il était après sa visite aux morts, la réponse de Cécile ne l'en avait pas moins blessé. Son cœur s'emballa lorsqu'il découvrit quelle magnifique table avait été dressée à son intention – nappe blanche et fleurs fraîches, bougies et bonne bouteille – ainsi que les cadeaux et les dessins d'enfants amoncelés à sa place jusqu'à recouvrir son assiette.

« Ce n'était pas la peine, Cécile.

— Oh que si.

— Pas cette fois.

— Peut-être, mais faisons comme si, hein, mon chéri ? Je te rappelle que tu as des enfants. Et une épouse légitime. Ne t'en déplaise.

— Epargne-moi ton cynisme.

— Ne t'inquiète pas. Je sais me tenir. » Elle se posta au pied de l'escalier. « Les enfants ! C'est servi ! Lavez-vous les mains ! »

On entendit une cavalcade – « Doucement ! Ne réveillez pas Lise ! » – et, très vite, Alice et Vincent s'assirent sur leurs chaises, impatients à l'idée de voir leurs paquets dépiautés. Tout était pour le mieux : dans un décor sans fausse note, un gentil papa, une jolie maman, une fillette à couettes et un petit garçon propret s'apprêtaient à partager un délicieux repas de fête. On aurait dit un prospectus pour un crédit à la consommation.

« Des avocats crevettes. Mon entrée préférée. »

A peine attablé, Antoine se servit le premier, en prenant soin de laisser le plat de côté. Il fit de même avec le vin – un côte-rôtie superbe – dont il se versa une large rasade sans servir sa femme.

Les avocats crevettes de Cécile, il aurait pu en manger tous les jours. Avec les cèpes et le côte-rôtie, c'était l'un de ses péchés mignons. Cécile distribua leur part aux enfants. Ces derniers guettaient toujours l'ouverture des cadeaux. Mais rien n'arrivait. Au bout d'un moment, Alice se risqua :

« Papa ?

— Quoi ?

— Tu n'ouvres pas tes cadeaux ?

— Je préfère au dessert. Ça évite de mettre des papiers partout. »

Alice fit semblant de rien, se contentant de jeter un bref coup d'œil à sa mère. En voyant sa petite fille ainsi piquée au vif, Antoine sentit des picotements lui monter aux joues et son cœur se serrer comme sous l'effet d'un étau. Il savait que ce déjeuner constituait le test suprême. S'il tenait bon avec ses enfants, il tiendrait bon en toutes circonstances. Cécile, estomaquée, s'efforça néanmoins de garder son calme.

« Antoine, ouvre tes cadeaux. Tu vois bien qu'ils n'attendent que ça.

— Comme tu voudras. »

En soupirant, Antoine jeta ostensiblement ses couverts dans son assiette, repoussa celle-ci pour faire de la place et s'empara du premier paquet – un rouleau rouge maladroitement ficelé de ruban doré. C'était un dessin de Vincent. On y voyait un avion en train de survoler un champ de fleurs jaunes.

« C'est toi qui as fait ça, Vincent ? »

Son fils se contenta d'approuver de la tête, cramoisi de fierté.

« Comment veux-tu qu'il vole, ton avion ? Il a les ailes vers le bas. Je te l'ai déjà dit : pour voler, les avions doivent avoir les ailes bien droites. Autrement, ils restent par terre. »

Vincent piqua du nez. Cécile arbora un sourire désespéré.

« Il est très beau, ton avion, mon chéri. C'est le plus bel avion que j'aie jamais vu.

— Et tes fleurs, insista Antoine, tu as vu tes fleurs ? C'est n'importe quoi. On dirait des arbres. De toute façon, on n'a jamais vu des arbres aussi gros qu'un avion. »

Le menton de Vincent se mit à trembler. Deux grosses larmes perlèrent dans ses yeux noisette. Histoire de sauver la face, il s'obstinait à garder ses deux mains sur la table ainsi qu'on le lui avait appris.

Cécile resta sans voix. Sans doute attendait-elle la suite pour mieux exploser. Elle en était à deux doigts lorsque Antoine, sans façon, mit en miettes le ravissant paquet-cadeau qu'Alice lui avait confectionné. Au cœur de l'emballage, soigneusement peint à la gouache sur une feuille de Canson, apparut un énorme gâteau d'anniversaire surmonté de ces mots inscrits en lettres bâton : « A mon papa adoré, bon anniversaire. »

Antoine considéra longtemps l'œuvre de sa fille. Cécile se pencha, attendrie. Chaque majuscule avait été tracée avec application, la tête penchée et la langue aux commissures, comme le font les enfants. Chaque coup de pinceau dégoulinait d'un amour possessif, instinctif, évident. L'émotion le submergea. Il faillit fléchir. D'une voix neutre, il demanda :

« C'est ça, ton cadeau, Alice ? »

Un minuscule « oui » s'échappa des lèvres d'Alice. Elle baissa la tête, mais ses yeux continuaient de traduire un espoir pur et sans limites. Même un peu énervé, sûr que son papa allait adorer son dessin. Au lieu de quoi Antoine prit son élan avant de lâcher :

« C'est nul.

— Antoine !

— C'est nul, c'est zéro. C'est mal peint. Un singe aurait fait mieux. Voilà ce que j'en fais, moi, de vos cochonneries. »

Dans la seconde qui suivit, il ne resta des deux dessins qu'un amoncellement de petits bouts de papier. D'abord plus stupéfaite que peinée, Alice considéra Antoine en se demandant si son « papa adoré » était bien le même qu'avant. Mais tout l'étonnement du monde n'est rien face au chagrin. La déferlante fut immédiate. En se frottant les yeux, elle pivota sur sa chaise et grimpa quatre à quatre dans sa chambre. Ce n'est qu'une fois sur son lit qu'elle laissa entendre, bien qu'étouffé par l'oreiller, un léger couinement. Cécile, jusque-là figée, murmura :

« Vincent, mon amour, rejoins ta sœur. Vous redescendrez plus tard. Il faut qu'on parle avec papa. On vous garde du gâteau. »

Vincent s'exécuta, offusqué et boudeur, le cou et les oreilles écarlates. Antoine le suivit des yeux, sans trop de souffrance. Il s'en étonna. Peut-être, après tout, était-il en train de se prendre à son propre jeu. Et de s'y habituer. Complaisamment.

Complaisante, Cécile n'avait pas l'intention de l'être. Les coudes bien calés sur la table, le visage plongé dans ses mains jointes en position de prière, elle observait maintenant son mari d'un regard effaré. Après un silence, ses premiers mots résonnèrent au creux de ses paumes.

« Je crois que je deviens dingue. Ou alors c'est toi qui es devenu fou. Ce n'est même plus d'un conseiller conjugal qu'on a besoin maintenant. Ni d'un avocat. C'est d'un psychiatre. Ou d'un exorciste.

— Rien que ça. »

Elle avait l'air las. A bout de nerfs.

« T'en prendre aux enfants... Mais qu'est-ce qu'ils t'ont fait ?... Leurs dessins, déchirés... Tu ne te rends même pas compte... J'ai honte pour toi. J'ai honte. Tu me fais vomir.

— Quelle comédie.

— Comédie ? Tu oses parler de comédie, après ce que tu viens de faire ? Mais tu t'es vu, Antoine ? Je... je ne t'ai jamais vu comme ça. Jamais. Je ne te reconnais même plus. Depuis hier soir tu es... comme envoûté. Comme si quelqu'un d'autre parlait pour toi. A ta place. Malgré toi.

— C'est moi qui parle.

— Mais non. Mais non, ce n'est pas toi. Ce n'est pas possible. Je le saurais. C'est elle, la garce, c'est sa voix que j'entends. Elle qui t'a possédé, envoûté. Et toi, qu'est-ce que tu fais, tu peux me le dire ? Tu te laisses faire comme un gros porc mené en laisse. Tu humilies tes enfants, et ta femme avec. Comme si ça ne suffisait pas de t'envoyer en l'air avec cette petite pute qui vous fait fantasmer, toi et tous tes copains, depuis la terminale. »

Antoine se contracta. Ne pas craquer, surtout ne pas craquer. En bon archer cynique qu'il était en train de devenir, il décida de mettre un terme au duel en décochant une flèche au cœur de sa cible, sans même la regarder.

« D'accord, je suis un porc. Mais toi, regarde-toi ! Tu t'affaisses, tu te ramollis, tu vieillis. Tu as le défaut de ton âge et de tes grossesses : la cambrure de tes reins disparaît de jour en jour, on dirait que ton dos pousse tes fesses vers le bas. Tu vas commencer à porter ces blue-jeans de femmes mûres qui sont coupés comme des pantalons d'enfants. Tes seins, ce n'est pas mieux. Ils pendouillent comme des ballons de fêtes foraines, à moitié dégonflés... Et puis tu m'emmerdes, à la fin. Tu n'es que l'ombre de ce que tu as été. Et ce ne sont pas tes aquarelles qui te sortiront de là. Ni ta conscience d'artiste révélée sur le tard... »

La dernière phrase vola en éclats en même temps que l'assiette de Cécile, lancée à toutes forces en direction d'Antoine et maintenant en morceaux au pied du mur. « Tais-toi ! hurla-t-elle, tais-toi ! C'est tout ce que je te demande ! »

Après cela, il n'y eut de place dans cette pièce que pour la douleur et le silence. Pour les pleurs également, venus des chambres d'enfants en écho à ceux, abondants, de Cécile. Hors de lui au sens propre du terme, complètement coupé de son être réel dont il suivait l'évolution avec stupeur, Antoine attaqua son deuxième avocat tandis que devant sa chaise renversée, debout sur un champ de ruines, Cécile, abasourdie, psalmodiait inlassablement : « Réveillez-moi, mon Dieu, réveillez-moi, ne me laissez pas dans ce cauchemar... »

Antoine se leva.

« Qu'est-ce que tu as prévu, après ? Du canard ?

— Hein ? Heu... Oui, c'est ça. Du canard. Bon anniversaire.

— Tu en veux ?

— Non merci. Je n'ai pas très faim, tu vois.

— Je vais me chercher une assiette. C'est plus simple.

— C'est ça, prends-toi une assiette, et bouffe-le, ton petit canard. Si tu savais comme je m'en fous. »

Il revint, une assiette fumante à la main. Il mangea de bon cœur, une main toujours occupée à arracher un morceau de pain, l'autre à porter son verre à la bouche, à s'essuyer les lèvres. Puis il s'interrompit enfin, les couverts suspendus au-dessus de son assiette, comme s'il avait soudain à tenir en respect quelque ennemi invisible. Murée dans son silence, toujours debout en face de lui, Cécile s'attendait à tout.

« Bon, maintenant, qu'est-ce qu'on fait ? demanda-t-il.

— Quoi ? Je ne comprends pas.

— Oui, qu'est-ce qu'on fait ? J'ai quarante-deux ans aujourd'hui, tu m'as demandé de ne pas m'éloigner, alors maintenant que j'ai accepté d'être assigné à résidence, j'imagine qu'il y a quelque chose au programme. Ce serait un anniversaire surprise que ça ne m'étonnerait pas.

— On ne peut rien te cacher.

— Tu y as pensé toute seule ?

— Je croyais que ça te ferait plaisir.

— Ça ne me fait pas plaisir. Ça ne m'a jamais fait plaisir qu'on vienne m'annoncer dans une haleine de tarama qu'il y a une bougie de plus sur mon gâteau d'anniversaire, alors que ce gâteau sent déjà la viande froide.

— C'est exquis.

— C'est vrai.

— Quelle vision merveilleuse et optimiste tu as de la vie, mon chéri.

— Je ne demande à personne de la partager. C'est la mienne, c'est tout.

— Toujours le syndrome du quadragénaire qui cherche à se faire plaindre. Même ton démon de midi est à mourir d'ennui.

— A qui la faute ?

— Je n'en sais rien. Moi, je ne suis qu'une gentille épouse qui a organisé un anniversaire surprise pour son petit époux adultère. Et qui attend la suite des événements avec intérêt. Mais ne compte pas sur moi pour faire sortir Marion à poil du gâteau.

— Dommage.

— Tu me dégoûtes. Tu n'as même pas un mot de regret... même pas gêné de rien... c'est répugnant.

— Dis-moi, à quelle heure sont prévus les invités, maintenant qu'il est trop tard pour les décommander ?

— Sept heures ce soir. Et ils restent dormir, si tu veux tout savoir.

— Quoi ? Mais c'est l'horreur... » Il se renversa sur sa chaise en se frottant le nombril. « J'imagine que tu as échafaudé un stratagème diabolique pour m'éloigner d'ici et préparer ta nasse.

— En effet. Eric doit t'emmener voir une vieille Jaguar qu'il voudrait acheter, vers Pacy-sur-Eure. Histoire d'avoir ton avis.

— Le cochon. Ça y est, il va l'acheter, la vieille Jaguar de ses rêves.

— Mais non. C'est juste un appât. Un truc pour joindre l'utile à l'agréable. Vous repassez par ici, et voilà. Enfin, c'est prévu comme ça. »

Antoine réfléchit un moment, silencieux. Puis s'écria :

« D'accord. A la guerre comme à la guerre. Va pour la vieille Jaguar. On ne change rien. Je pars avec Eric. Quand doit-il arriver ?

— Dans une heure, à peu près. A l'improviste.

— Et après, tu prépares tout ?

— Eh bien oui, que veux-tu. Je suis vraiment trop bonne. Ou trop conne.

— Tu vas avoir le temps ?

— Je me débrouillerai. Comme toujours.

— J'espère que je vais pouvoir.

— Quoi donc ?

— Jouer la comédie. Avoir l'air surpris.

— Tu t'en tireras très bien. Tu as l'habitude. Et puis, avoue que ça te fait plaisir quand même.

— Pas le moins du monde.

— C'était juste une tentative.

— N'en parlons plus.

— Une dernière chose qui n'a rien à voir...

— Oui ?

— Tu veux une part de ton gâteau d'anniversaire ?

— Non merci. Je n'ai plus faim. En plus, il a l'air un peu lourd. Garde-le pour les enfants. »

7.

Tout se passa comme convenu. A trois heures de l'après-midi, Eric sonna au portail, visiblement très excité. Il allait voir une XK, l'occasion du siècle, une splendeur, première main, très peu roulé, un vieil industriel, impossible de rater ça, il lui fallait l'avis d'un tiers et, puisque Antoine habitait sur le chemin, il s'était dit comme ça qu'il pourrait l'accompagner, que ça pourrait l'amuser.

« Tu as bien fait.

— On y va, alors ?

— On y va.

— Génial. »

Ils partirent tous les deux, copains comme cochons, heureux, en goguette. En route, Eric fut intarissable. La mèche frémissante tombant sur ses lunettes cerclées de psychiatre réputé, le ventre arrondi sous un tweed de bonne marque, il n'avait pas de superlatifs assez forts pour parler des vieilles voitures anglaises. Elles lui apparaissaient comme la quintessence de la civilisation et du raffinement, l'ultime vraie rencontre entre le génie mécanique humain et les bienfaits de la nature – le bois, le cuir et même le caoutchouc des pneus. Bref, une synthèse parfaite de l'élégance et de la technique, mise qui plus est au service de la liberté suprême, celle d'aller et venir bercé par un ronronnement divin, les fesses au chaud dans du Connoly craquelé, avec sous les yeux un long capot mordant la route sans lui faire mal.

En entendant cela, Antoine était aux anges. Lui aussi estimait que, après l'époque de ces voitures, rien n'avait plus jamais été comme avant. Ni les automobiles elles-mêmes, ni les gens qui montaient dedans, ni les paysages qu'elles traversaient, ni les demeures devant lesquelles elles se garaient, ni les fêtes que l'on y donnait, sans parler de l'air du temps qui régnait alors, un peu léger, très insouciant et, pour tout dire, irrésistible. Mais il se gardait bien d'abonder dans le sens d'un Eric survolté. C'eût été lui donner un gage d'amitié qu'il n'était plus en mesure de s'autoriser.

Non loin de Pacy, dans la grange d'une ancienne ferme fortifiée, ils virent la voiture : une XK 140 grise, de 1956. Une merveille, un bijou, un péché. A peine couverte de poussière, de ce filtre léger que l'on sent prêt à s'envoler au premier coup de plumeau pour mieux révéler une robe irréprochable.

Eric s'enthousiasma. Antoine aussi. Il y avait de quoi. L'habitacle sentait bon la ronce de noyer, la Bakélite, le tabac de qualité, la bonne éducation. Le moteur feulait à la demande, sur un simple tour de clé. Il y avait dans ce bruit une rondeur exquise que la carrosserie ne démentait nullement. Les deux amis étaient comme des enfants, et le propriétaire, flatté de tant d'émerveillement.

Vers cinq heures, et pour fêter ce goût commun pour les beaux objets, on finit par boire le café dans une bibliothèque qui ressemblait en grand à l'intérieur de la voiture tant convoitée – fauteuils club mafflus, tapis épais, tranches de livres alignant leur vieux cuir, lumières tamisées et, lové sur son coussin, un angora gris clair, aux yeux jaunes perçants et au doux ronronnement. Puis on se sépara, l'un renouvelant son offre de prix, les autres déclarant qu'il y avait lieu de réfléchir.

Sur le chemin du retour, la musique dispensa Eric et Antoine de converser. Ils savaient que la magie était rompue, qu'ils laissaient derrière eux leur fabuleuse machine à remonter le temps et que, de toute façon, le train couleur Cadum des années cinquante était passé sans eux, les privant à jamais de jolies filles en twin-set, de caves et de scooters, et de tous les clichés dont ils se repaissaient depuis toujours en se disant qu'au fond, tout clichés qu'ils fussent, quelqu'un de chanceux avait bien été là pour les prendre.

Or ce quelqu'un, ce n'était ni l'un ni l'autre. Eux, ils n'avaient qu'à la boucler, la ceinture et leur gueule avec, pour rouler jusque chez eux dans une odeur de plastique. Sur la nationale, il leur était imposé de fermer les yeux sur les programmes de promoteurs qui, pour vendre mieux, poussaient le cynisme jusqu'à se prévaloir de cela même qu'ils s'apprêtaient à détruire, une campagne encore intacte à deux pas de Paris. Bref, il leur fallait se persuader sans y croire qu'après tout, allez, rien n'avait trop changé, et que même Garanville était resté un village d'autrefois, sans les fermiers, sans le curé, sans les voitures à cheval, sans le garde-chasse moustachu, sans le châtelain, bien sûr, mais préservé quand même.

C'est donc un peu mélancoliques qu'ils stoppèrent devant le portail de la maison vers sept heures et demie. Eric, perdu dans ses pensées, son cœur tout entier resté dans l'habitacle feutré d'une vieille décapotable anglaise. Antoine, inquiet comme au seuil d'un examen, maudissant ses amis de lui infliger une telle épreuve.

Elle ne tarda guère. Il n'eut pas le temps de refermer la porte de la maison derrière lui qu'un « Bon anniversaire ! » tonitruant en fit trembler les murs et qu'une meute hystérique fondit sur lui pour l'entourer. Mentalement préparé, Antoine se surprit à être surpris par cette excitation collective. Car ils étaient tous là, ses onze meilleurs copains de toujours, tous en couple ou presque, désespérément fidèles à eux-mêmes. Cheveux courts savamment décoiffés et regard plissé derrière un cigarillo de femme libérée, Clara portait un tailleur-pantalon prune qui avantageait sa ligne, sous l'œil pas peu fier d'Eric. Sortie, elle, de chez le coiffeur, Anne-Laure arborait l'une de ces coupes trop tondues sur la nuque et trop soufflées devant qui vous allongent le nez même s'il est déjà long, tandis que Thibault, tonsure précoce et teint de cuivre, se contentait une fois encore de l'unique tenue qu'on lui eût jamais connue – polo noir, pantalon noir, chaussures noires. Il y avait aussi Bérengère, qu'un nez en trompette et un saladier de bouclettes rousses condamnaient au rôle de copine rigolote tandis que sa moitié, Luc, semblait mettre un point d'honneur à être tout le contraire : pas drôle et parfaitement austère dans son costume anthracite. Sybille, jolie et polie jusqu'à la transparence pour ne pas faire ombrage à son ombrageux époux, le sarcastique et colossal Tanguy ; lequel blablatait déjà avec Etienne, dandy sur mesure, avec chaussures en daim, bouc au menton et gomina, qui semblait constamment étonné d'avoir la femme qu'il avait, la très somptueuse, fluide, mamelue et callipyge Virginie, dont la peau mate, les cheveux bruns et le regard farouche n'étaient pas sans rappeler la Raquel Welch des débuts, avec Winchester à douze coups et jupe claquant très fort dans la poussière de l'Ouest. Depuis son arrivée, tout le monde avait remarqué sa petite robe ajustée, ses boucles d'oreilles exquises et la façon dont elle se cambrait sur ses hauts talons. Notamment Paul, resté célibataire depuis que son grand amour, Cécile, avait épousé son grand ami Antoine, et qui, désormais, promenait ses yeux bleus de play-boy aigre-doux sur tout ce qui portait jupon, soutien-gorge et, très accessoirement, cerveau.

Dans les premières minutes, Antoine joua le jeu qu'on attendait de lui, forçant un peu le trait pour mieux donner le change, essuyant au coin de l'œil une larme inexistante. Il avait d'autant moins de mal à paraître troublé qu'au fond il l'était réellement, et que le regard de Cécile, inquiet, traduisait mieux que tout les espoirs qu'elle plaçait dans cette fête miracle.

Mais cette indulgence ne dura pas. Bien vite, Antoine se ravisa, reprit ses esprits, et sa lucidité avec. Ses amis attendaient un compliment ému ? Un discours improvisé, dont la maladresse serait le meilleur gage de sa sincérité ? Et, plus encore, des remerciements en retour de leur affection ? Soit. Il les regarda l'un après l'autre, les fidèles, les vrais de vrais qui, dans l'entrée, se tenaient maintenant en arc de cercle autour de lui, pendus à ses lèvres.

« Ça alors, si je m'attendais ! Un anniversaire surprise le jour même de mes quarante-deux ans, et un samedi, en plus ! »

Un éclat de rire résonna dans la pièce. Sacré Antoine, ils le retrouvaient bien là. Toujours cet humour au second degré qui prenait les gens de court.

Cette ironie décalée qui le rendait unique. Il poursuivit sur le même ton :

« Mais où est-ce que vous allez chercher tout ça ? C'est incroyable. Il y a des fois où votre imagination me dépasse. »

Ce coup-ci, chacun se demanda si Antoine n'y allait pas un peu fort sur le second degré. Plus par automatisme que par envie, et fort de la complicité née de leur escapade commune, Eric se dévoua pour désamorcer le malaise général. Il rit un bon coup, un peu faux, avec dans le regard comme une façon de dire : « Tu as failli m'avoir, mais à moi on ne me la fait pas. » Les autres firent chorus, sans conviction. Ce fut finalement Antoine lui-même qui les sortit de ce mauvais pas en déclarant d'un ton trop sérieux pour être honnête :

« Bon. De toute façon, il est trop tard pour faire marche arrière. Maintenant que vous êtes là, vous n'avez qu'à rester. »

Une clameur forcée, mais néanmoins enthousiaste, accueillit cette proposition. Ils quittèrent l'entrée pour se diriger vers le buffet qu'avait dressé Cécile dans le salon. Ostensiblement, Antoine la remercia en déposant, langoureux, un baiser sur ses lèvres :

« Merci, mon amour. Je ne m'y attendais pas du tout. Ça fait tellement plaisir de se savoir aimé. »

Toute l'assemblée se mit à applaudir, sauf Cécile, terrifiée. Antoine alla déposer une bûche dans le feu, tandis que Thibault remplissait les coupes de champagne. Allez, on respirait, ça allait mieux, tout le monde se retrouvait. Serpentins sortis de leurs pochons usés, les blagues et les « Qu'est-ce que tu deviens ? » commençaient à fuser. Alice et Vincent passaient parmi les convives en leur offrant des olives et des biscuits salés. Un air de jazz flottait dans la pièce éclairée aux bougies, ajoutant ses notes chaudes à une atmosphère qui l'était tout autant. C'était parfait, irréprochable, comme toujours. Une fois les coupes remplies, Antoine en saisit une et, faisant taire tout le monde d'un geste circulaire, déclara : « Santé ! Merci d'être venus. »

Définitivement soulagé, chacun interpréta ce mot comme un encouragement à se mettre à l'aise, à se servir, à faire la fête. Cette fois, le vrai départ était donné. En arsouille distingué, Luc commençait à écluser coupe sur coupe tout en plongeant des regards en biais dans le décolleté de Virginie, laquelle picorait des noix de cajou entre deux considérations sur les régimes basses calories. Loin de toute restriction alimentaire, la large pogne de Thibault se refermait en pelleteuse sur les tranches de jambon pour les laisser tomber dans sa bouche grande ouverte. Tenant devant elle sa coupe comme un communiant son cierge, Sybille écoutait poliment Eric lui expliquer la différence entre le pare-brise d'une XK 140 et celui d'une XK 150, tandis que son mari, Tanguy, endormi par les projets de livre pour enfants d'Anne-Laure, tentait vainement une sortie à reculons ; Bérengère apportait les plats ; Paul, jamais avare de sa personne dès que Cécile le sollicitait, devisait gaiement avec elle en rinçant quelques verres ; quant à Clara, comme à son habitude, elle ponctuait toutes les conversations d'un rire ravissant dont la première vertu était de la dispenser de donner son avis.

Les enfants, quant à eux, venaient de monter se coucher. Côte à côte devant le lavabo, la bouche barbouillée de dentifrice à la fraise, ils en étaient à faire un concours de grimaces face au miroir lorsqu'une haute silhouette s'y refléta.

« Bonne nuit, papa !

— Bonsoir, les... »

Un peu plus et, par réflexe, Antoine se baissait pour recueillir sur chaque joue le baiser de ses enfants. Il se redressa *in extremis* et, laissant Alice et Vincent faire claquer leurs baisers dans le vide, désigna leur chambre d'un coup de menton.

« Qu'est-ce que c'est que ce bordel ? »

Du papier crépon, une paire de ciseaux et un rouleau de Scotch traînaient sur le sol, vestiges du petit atelier cadeaux du matin.

« C'était pour ton anniversaire, se justifia Alice sous l'œil admiratif de son frère.

— Et alors ? C'est une raison pour tout laisser en plan ?

— Mais maman nous a dit que... »

La double gifle résonna dans la pièce comme un coup de fusil suivi de son propre écho. Avant d'éteindre la lumière et de claquer la porte derrière lui, Antoine eut juste le temps de voir ses deux anges courir vers leurs couettes afin de se glisser dessous jusqu'au cou et d'y pleurer à loisir. En redescendant au rez-de-chaussée, il supplia l'escalier de s'ouvrir grand sur un gouffre de flammes et de l'y engloutir définitivement.

« Attention, le voilà qui redescend ! » Devant les fourneaux, ça se bousculait autour du gâteau. C'était à celui qui mettrait le plus de zèle dans son ultime mise au point. Il y avait là Paul, Bérengère, Sybille et, bien sûr, Cécile. Dans le salon, personne n'était dupe de ce qui se tramait à la cuisine, mais chacun prenait soin de ne pas en pousser la porte avant l'heure fatidique. La maîtresse de maison tenait beaucoup à ce que tout se déroulât comme si de rien n'était. C'était sa façon à elle de tenir bon. En attendant la suite.

A minuit, le salon fut plongé dans le noir et, précédé de chuchotements, éclairant par-dessous le sourire réjoui des comploteurs, un gâteau couronné de quarante-deux bougies fit son apparition. Des « Oh ! » et des « Ah ! » célébrèrent ce prodige, tandis que les plus hardis entonnaient de concert les premières mesures d'un « Happy Birthday » approximatif. Les bougies furent soufflées sous un tonnerre d'applaudissements et les cadeaux, dûment ouverts : du champagne, un stylo, du vin, une miniature de Bentley. Antoine regarda Eric avec un grand sourire de connivence : « Ça me rappelle une certaine Jaguar, pas vrai, Eric ? » L'intention était souvent plus jolie que l'objet. Il n'y avait rien là qu'il n'eût déjà reçu, mais il était ému jusqu'à l'os.

Puis « on dansa ». Evitant habilement les écueils classiques qui condamnent une fête en prétendant la lancer – tapis roulés à la hâte, cris d'ambiance, explosion subite de décibels obligeant chaque convive à postillonner dans l'oreille de son voisin –, Cécile avait peu à peu augmenté le volume de la musique jusqu'à ce que, tout naturellement, presque malgré eux, deux ou trois couples se forment et entament l'un de ces rocks bon enfant qui ne mangent pas de pain et témoignent des débuts de soirée réussis. Il était à peine minuit et demi mais, déjà, l'heure était aux lampes qu'on éteint, aux pans de chemise qui dépassent des ceintures, aux mèches qui collent au front, aux odeurs d'aisselles et de parfums chauds, aux rires en cascade et aux désirs inavouables.

Chacun put se réjouir de voir Antoine, d'abord réticent, se prendre au jeu. Il commençait même à se dandiner avec d'autant moins de scrupules qu'il était très éméché. Pas ivre mort, ni simplement pompette, comme aurait dit Cécile – qu'il invita d'ailleurs à danser sur un vieux disco interminable. Mais dans cet état de fluidité qui fait qu'un homme de cent kilos se sent léger comme l'air, prêt à se confondre avec le globe terrestre entier, les gens, les animaux, les arbres et les fleurs dans une sorte de communion douceâtre dédiée au culte de l'alcool.

Maintenant, tout en dansant, le héros de la fête promenait ses yeux rouges sur ceux qui l'entouraient, s'attardant sur l'un, sur l'autre, et souriant à tous. Il l'adorait, sa femme. Il les adorait, ses amis. Sans réserve, sans arrière-pensée, avec l'amour pur et instinctif des gens soûls. Il les regardait, ému aux larmes. Il se sentait aussi proche d'eux qu'un frère. Tiens, il les aurait bien pris un par un dans ses bras, juste pour leur dire qu'il les aimait, que c'était idiot, que c'était comme ça, et qu'il n'y avait rien d'autre à ajouter. Mais pas question de se laisser aller. A Sybille qui, désinhibée par le champagne, mimait une danseuse gitane avec force coups de pied et claquements de doigts, il glissa à l'oreille :

« Tu fais trop de bruit. Calme-toi, maintenant. »

Elle s'en tira par un rire faux, claqua deux fois des doigts pour faire bonne figure et rejoignit le cercle des danseurs qui, bons princes, applaudirent sa prestation. Sans trop savoir pourquoi, Antoine se mit alors à hurler *« Caramba ! »* en frappant haut ses mains au-dessus de la tête. Il fut immédiatement rejoint par Anne-Laure, trop contente de s'intégrer au groupe en jouant la connivence avec le maître des lieux. Elle n'avait pas esquissé un pas de danse à son côté qu'il la plantait là pour se servir un verre et la laissait seule scander

« Olé ! » en rejetant d'un mouvement brusque sa tête en arrière. Maintenant, c'était trop tard, il fallait continuer et se donner en spectacle, un cauchemar pour cette grande timide devant l'Eternel. Clara vint la sauver en imitant le taureau. Ce faisant, elle broya l'orteil gauche de Virginie, qui hurla de douleur. L'autre s'excusa, confuse. Sans trop se l'avouer, elle rejetait la faute sur cette dinde d'Anne-Laure qu'elle avait, bien à tort, essayé de sortir du pétrin – on ne l'y reprendrait plus, ni Anne-Laure elle-même, d'ailleurs, qui jetait à présent des regards furibards à Antoine. Pour lui, c'était la fête, c'était le cirque, c'était Guignol, la musique battait son plein et il en fallait plus que ces petites broutilles pour la museler. On entendit sauter des bouchons de champagne, Tanguy en préleva l'un des muselets pour s'en faire un nez de clown, James Brown passa le mur du son au fond de chaque enceinte, tout le monde s'esclaffa de bon cœur et se remit à se contorsionner. Thibault se roula alors par terre, immédiatement imité par Bérengère, jupe retroussée et cuisses à l'air. Cette fois, Antoine posa son verre, se pencha vers elle, la saisit par le coude et articula dans son oreille :

« Arrête de te ridiculiser. Excuse-moi, mais tu ne peux pas te permettre ça. »

Bérengère se releva, mortifiée. Elle tenta une sortie – cet Antoine, toujours le même ! –, épousseta sa jupe du plat de la main, bafouilla un « tu as raison » où roulaient des sanglots et s'éloigna en titubant sous les clameurs. Personne n'avait rien vu, ni rien entendu. Tout le monde était ivre. Bérengère, sa confidente, sa presque sœur, avait été blessée pour rien. Ce fut l'âme transpercée, mais grisé par son propre pouvoir, qu'Antoine la vit se diriger tout droit vers la première pièce où s'enfermer, la salle de bains du rez-de-chaussée.

Eric était le seul à n'avoir rien manqué de la scène. Il poussa Thibault du coude.

« Tu as vu ?

— Quoi ?

— Bérengère... elle vient de partir en pleurant...

— Ah ?

— Antoine a dû lui dire un truc...

— Qu'est-ce que tu vas chercher ? Elle est beurrée, c'est tout...

— Tu crois ?

— Mais évidemment. Elle est allée dégueuler et elle va revenir...

— Quand même, elle faisait une drôle de tronche.

— C'est toi qui te fais des idées. Allez, viens boire un coup. »

Ils allèrent boire un coup. Ils allaient tous boire un coup, sans arrêt. Antoine s'en avisa.

« Mes amis ! Les munitions viennent à manquer ! Je m'en vais quérir du champagne à la cave ! »

Monté de silhouettes molles se découpant sur la fumée des cigarettes, un beuglement rauque accueillit cette nouvelle. Des coupes furent brandies en signe de victoire et des rires féminins pétillèrent ici et là. De tout cela Antoine n'entendait déjà plus qu'un écho ouaté. Non seulement l'accès à la cave se trouvait hors de la maison, mais lui-même baignait à présent dans un coton tiède qui adoucissait tout et le rendait invulnérable.

8.

Antoine tenait un bon début de cuite. Il trouva l'interrupteur à tâtons. L'escalier s'éclaira. Le silence et la fraîcheur des lieux le saisirent en même temps. D'abord surpris d'entendre ses propres pas crisser sur les marches, il se laissa très vite aller au plaisir de humer l'odeur de moisissure qui suintait de ces vieux murs. Ceux-ci se mirent à résonner tout à coup du claquement caractéristique – et incongru ici – de talons féminins.

Il se retourna. Deux jambes interminables apparurent dans l'encadrement de la porte, aussitôt suivies d'un buste voluptueux et d'un visage radieux. Même pour un ivrogne, impossible de se tromper : c'était Virginie telle qu'en elle-même, injurieusement excitante et, pour tout dire, un peu beurrée. Elle souffla sur une mèche échappée de son chignon roulé qui s'envola, papillonna, puis vint se replacer juste devant ses lèvres à la manière d'un doigt qui se pose pour dire « chut ». Elle se résolut à la coincer derrière l'oreille et, comme Antoine la regardait, fasciné, elle eut ce mot d'excuse :

« On n'est jamais trop de deux. Je suis venue t'aider, mon grand. »

Sur ce, elle tira sur le Stretch de sa robe moulante

comme si cette précaution avait la moindre chance d'aplatir ses seins et d'atténuer ses hanches. Puis elle retrouva sa morgue naturelle et son allure d'héroïne de western :

« Bon. Où sont-elles, ces bouteilles ?

— Là. Dans le coin. Attention à la poussière.

— J'en prends deux ?

— Oh que oui. Plus, si tu peux.

— C'est parti. »

Le hasard, l'exiguïté du lieu et l'ébriété voulurent qu'en se dirigeant vers les bouteilles, Virginie frôlât Antoine. Le temps d'un effleurement, ils se retrouvèrent face à face, buste contre buste, ventre contre ventre. Une furtive caresse à l'échelle de deux corps. Elle eut beau bredouiller « pardon », il était trop tard. A approcher ainsi le visage de Virginie jusqu'à sentir son souffle, son parfum, ses cheveux, à éprouver du même coup la chaleur de sa chair jusqu'à en être irradié de la tête aux pieds, Antoine sentit un frisson redoutable lui parcourir l'échine. Il ne fit rien pour le contenir. Ça l'arrangeait trop.

Hissée sur la pointe des pieds, Virginie lui tournait maintenant le dos dans l'espoir d'attraper deux magnums de Moët perchés sur la plus haute étagère des présentoirs. Au prix de quelques sautillements de pom-pom girl, ses efforts furent bientôt récompensés. Extatique, le cœur battant à exploser, Antoine attendit alors tranquillement qu'elle eût les mains prises. Puis il fondit littéralement sur elle sans lui laisser la moindre chance de se retourner. La coinça contre les casiers. L'enlaça. L'enserra. L'étouffa. Posa sa tête sur son épaule et ses mains sur ses seins sans qu'elle pût rien faire, sinon rester là, bloquée, le souffle court.

Quelques secondes passèrent, qui permirent à Virginie de reprendre ses esprits. Elle les reprit, et vite. Non pas en ripostant brutalement, comme l'espérait Antoine, mais en désamorçant tout risque d'explosion grâce à cette arme suprême – suprêmement féminine – qu'est la désinvolture :

« Tu as perdu quelque chose, Antoine ?

— Oui », souffla-t-il hors de lui-même, comme dédoublé. « Mon temps, j'ai perdu mon temps, trop de temps. J'ai été si sage... si sérieux... si bien élevé... Ce soir, je me rattrape. »

Un peu interloquée, mais en belle plante de buffet habituée aux pelotages mondains, Virginie contempla les mains d'Antoine lui pétrir la poitrine avec l'avidité fébrile d'un puceau étreignant sa première pute. Il était décidément bien étrange, ce soir, son vieux copain.

« Rattrape-toi si tu veux, mais rattrape-toi vite. On ne va pas y passer la nuit. Et tu n'as droit qu'à mes lolos.

— Tu plaisantes ? Ce soir, j'ai tous les droits...

— Tu as peut-être tous les droits, mais tu me chatouilles... Bon, allez, ça suffit, la récré est finie », glousssa-t-elle sur un ton de fausse réprimande, entre fou rire et fureur, sans se rendre compte qu'en se cambrant sous l'effet des papouilles ses fesses avaient reculé jusqu'au bas-ventre d'Antoine qu'une violence trop longtemps enfouie exhortait maintenant d'aller jusqu'au bout.

« C'est pas fini, gronda-t-il avec une drôle d'inflexion dans la voix. Ça commence juste. »

Virginie s'arrêta de rire tout net. Avala sa salive. Réalisa soudain qu'elle était dans une cave, un magnum dans chaque main, le nez sur des culs de bouteille, avec un type en rut et complètement bourré, pesant de tout son poids sur elle, sans que personne pût l'entendre appeler au secours. D'un coup, la mauvaise sueur de la peur lui coula dans le dos. Ses mains se firent moites. Elle sentit les bouteilles lui glisser des doigts, l'haleine d'Antoine, chargée de whisky, lui réchauffer le cou, et ses grosses mains sur elle, non plus seulement sur sa poitrine, mais sur son ventre, ses hanches, ses cuisses, partout. Prise de panique, elle dit d'une voix qu'elle voulut assurée :

« Antoine, arrête, maintenant. C'est plus drôle du tout. Tu as trop bu et moi aussi. »

Elle essaya de se dégager. Un quintal de graisse, de muscles, de regrets, de désir et d'ivresse l'en empêcha. Elle était prise dans un étau. Une véritable camisole de force. Mais il y avait erreur. La folle, ce n'était pas elle. Elle hurla.

« Antoine, arrête s'il te plaît ! Tu me fais peur, arrête ! »

Là-haut, ça dansait fort. On entendait les pas claquer sur le plancher, juste au-dessus du plafond éclairé aux néons. Des rires, des cris, des exclamations, très loin, inaccessibles.

« Pas question. Je continue. Désolé, c'est tombé sur toi. »

Elle demanda d'une voix faible :

« Pourquoi moi ? »

Antoine s'énerva, accentua sa pression. Tout remontait à la surface. Les interdictions de l'enfance. Les frustrations de l'adolescence. Les échecs de l'âge adulte. Virginie en grimaça de douleur, le corps meurtri, les reins à empoigner, la croupe à prendre, complètement vulnérable. Ses épaules, surtout, lui faisaient mal. Les magnums la torturaient. Les lâcher ne servait à rien. Il gueula.

« Toi, toi, Virginie, tu me demandes pourquoi ?

Pourquoi toi ? Mais tu le fais exprès, ma parole. Vous le faites toutes exprès, c'est pas possible ! A croire que vous ne vous rendez même plus compte de rien...

— Mais qu'est-ce qu'on fait de mal, merde !

— Ne fais pas l'innocente. Vous mettez le feu, voilà ce que vous faites ! » Et Antoine, exalté, de s'enflammer lui-même, en termes confus, sur ces femmes parties sans se retourner, en laissant derrière elles des types malheureux, embrasés comme des torches, qui brûlent d'amour pour elles, d'amour et de désir, et se consument seuls, des mois, et des années, jusqu'à s'éteindre un jour, morts de solitude. Tout cela n'était pas fait pour rassurer Virginie.

« Antoine, laisse-moi. Je ne comprends rien à ce que tu dis, tu es sans doute complètement fou, ou c'est moi qui deviens folle, mais laisse-moi, maintenant. Si je t'ai fait du mal, pardonne-moi. Si dans cette cave je t'ai fait du bien, tant mieux. Mais laisse-moi partir. Je te promets que ça ne sortira pas d'ici. Que ça restera entre nous. On n'a qu'à dire que c'était mon petit cadeau d'anniversaire. Un petit cadeau secret, rien qu'entre toi et moi. Tu es d'accord ? »

L'étreinte se relâcha sans perdre de sa force. Antoine s'attendrit. Virginie souffla. Allons, ce n'était rien, c'était juste Antoine, son copain Antoine, il avait bu, c'était tout, il ne maîtrisait rien, ça pouvait arriver à n'importe qui, même à des gens très bien, au-dessus de tout soupçon, amoureux de leur femme et tout le saint-frusquin. Mais elle déchanta vite. Car à peine voulut-elle poser ses bouteilles en se courbant un peu que la voix mystérieuse réveilla Antoine, lui rappelant à l'envi qu'il avait fait le plus dur, qu'il n'était pas question de s'arrêter en chemin, en un mot comme en mille que c'était le moment d'apporter la preuve qu'il avait ce que Marion appelait « quelque chose dans le froc ».

La démonstration ne se fit pas attendre. Tremblant, la main guidée par une force qui le dépassait et à laquelle il se soumettait avec une docilité stupéfiante, il dégrafa son pantalon. Baissa son slip. Et en sortit un sexe qu'il aurait presque préféré mou, réticent et froid, mais dont il ne put que constater qu'il était dur comme du bois.

Accentuant sa clé sur le cou de Virginie, maintenant statufiée par la peur, il fixa une dernière fois sa verge avec l'effarement fasciné d'un assassin tenant entre ses mains son couteau rouge de sang. Puis, subitement, et tandis qu'elle hurlait, souleva sa jupe, arracha son string et, dans ce qu'il devinait vaguement être une entrée possible, porta plusieurs coups avec des déhanchements de jouisseur révélé sur le tard.

Raté. Elle se débattait. Alors il redoubla de violence. Elle hurla. Il lui fit mal. Elle hurla plus fort. Il paniqua. Et fouilla de plus belle, de son sexe et de ses doigts, dans l'espoir de trouver un passage. En vain, toujours en vain. Il devenait fou. Sous les belles fesses rondes, satinées sous l'ampoule, rien ne s'ouvrait, rien ne cédait, tout n'était que poils secs, peau gommeuse, organes rêches, hostilité, refus. Une mygale morte recroquevillée sous deux melons, une mygale sèche qu'aucun bâton ne pouvait ranimer.

Lorsque Antoine, haletant et rouge, tenta un dernier coup de reins pour forcer ce que Virginie lui refusait, son sexe maintenant ramolli ne rencontra une fois encore que les lèvres fermées d'un supplicié qui refuse de parler. Aussi, découragé, lâcha-t-il prise, certes à peine une seconde, mais assez longtemps pour que Virginie laissât tomber les magnums, se retournât et se jetât sur lui comme une bête sauvage, griffant, cognant et ruant à l'aveugle jusqu'à ce qu'il vacille, puis s'écroule de toute sa masse, les pieds prisonniers de son pantalon tirebouchonné jusqu'aux chevilles.

Venu d'au-dessus, le rythme sourd de la musique sembla dérisoirement tambouriner au plafond de la cave – comme on frappe, inquiet, à une porte muette pour demander si tout va bien.

A présent, Antoine gisait là, par terre, prisonnier de son froc, les fesses à l'air, la queue entre les jambes, gros ver blanc rampant à même le ciment.

Virginie le contempla du haut de sa taille mannequin, la bouche déformée par une moue de dégoût. Soudain, elle rectifia sa mise, rehaussa son chignon, saisit par le col une bouteille de magnum et la secoua très fort avant d'en faire sauter le bouchon. Puis, pour faire bonne mesure, elle arrosa d'un jet son minable agresseur, but une rasade de brut, s'essuya la bouche d'un revers de main et déclara, bravache :

« Rassure-toi, pauvre con, je ne dirai rien. Je me mets à ta place. Un cul comme le mien, ça doit être dur pour les types comme toi. Et puis j'aime trop ta femme et tes enfants pour leur dire qui tu es.

— Dis-leur, au contraire, surtout ne te gêne pas, dis-le à tout le monde, répliqua Antoine, tout juste remis sur pied. C'est tout ce qu'on peut attendre d'une salope comme toi. »

Bien vu. Une gifle partit, lancée à toute volée par une Virginie ulcérée. Elle n'avait pas atteint la joue d'Antoine que celui-ci, en rage, écrasait son poing sous l'œil gauche de la belle, la faisant valdinguer à l'autre bout de la cave.

« Qu'est-ce que tu crois ? Que parce que tu es une femme, et parce que tu es belle, tu peux me foutre des coups ? Et me regarder de haut ? Mais à quel titre, au juste ? Tu es une femme par hasard. Tu es belle par hasard. Par la combinaison complètement hasardeuse d'éléments disparates, de... de molécules dispersées qui, par je ne sais quel miracle, ont su se conjuguer avec harmonie. Tout ça ne te donne aucun mérite – il hoqueta – ni aucun droit. Bien au contraire. Le hasard joue autant pour les moches et les gnomes, les ratés, les bancals. Seul le résultat change. Tu devrais t'en souvenir chaque jour que Dieu fait. Remercier la nature qui t'a filé le gros lot. Fermer ta grande gueule. Rester humble et aimable. D'autant plus aimable que tu as tout pour toi. Et que d'autres n'ont rien. Au lieu de ça, ta beauté est l'insolence même. Le mépris incarné. Le dédain absolu. Le pire, c'est que tu n'y peux rien. Personne ne peut te le reprocher.

— Excepté toi.

— C'est vrai. Mais il n'y a pas de beauté sans risque. Tu payes pour toutes les autres. Désolé pour ton œil. »

Après sa chute, Virginie avait trouvé refuge dans un coin de la cave. Elle y était restée, assise à même la poussière, adossée au mur, les jambes repliées sous son menton, la jupe retroussée jusqu'au haut des cuisses. Elle n'avait rien compris, ou alors c'était décidément plus fort qu'elle. Même l'œil cerclé, le visage barbouillé de suie, elle était belle. Même morte elle serait belle. Cela consola Antoine d'avoir le cœur meurtri. D'avoir eu à cogner sa belle amie. Et de devoir admettre qu'au moment de l'impact ce n'était pas sans un certain plaisir qu'il avait senti, sous ses phalanges, se déchausser un peu les molaires de Virginie, ployer les cartilages de son joli nez et craquer son os malaire, rassuré de savoir que sous cette peau de pêche se cachaient, comme chez tous les laids et tous les ordinaires, une bonne vieille tête de mort, des orbites noires et un sourire carnassier à faire frémir les enfants.

Ecœurée, celle-ci se leva et disparut dans l'escalier pour aller se replonger, l'air de rien, dans la foule des noceurs. A Thibault qui, entre deux rots, lui demandait dans un vent de whisky pourquoi elle avait un rond rouge autour de l'œil gauche, elle répondit qu'Antoine lui avait collé une droite, ce qui le fit hurler de rire. Mais excepté cela, nul ne l'interrogea. Tout le monde trouvait normal qu'elle eût disparu une demi-heure à la cave en compagnie du maître de cérémonie pour aller chercher du champagne. Non seulement celui-ci put refaire surface sans crainte d'être questionné, mais son entrée et le champagne qu'il rapportait des ténèbres furent chaudement applaudis – exception faite de Cécile. Le show devait continuer, seule comptait la fête, c'était son anniversaire, rien ni personne ne pouvait l'arrêter !

Personne, sauf Antoine lui-même. Soudain, à la réprobation de tous, il arrêta la musique et, dans un silence assourdissant, s'approcha de Virginie en la fixant droit dans les yeux – ou plutôt droit dans l'œil, celui qu'un rond violet de plus en plus marqué entourait à présent. « Qu'est-ce qui t'est arrivé, Virginie ? »

On entendit un borborygme. Antoine insista.

« Comment ?

— C'est à la cave.

— Tu es tombée ? Je n'ai rien vu.

— C'est ça. Je suis tombée. Je suis même très mal tombée. »

Elle reprenait le dessus.

« Toute seule ?

— Toute seule. »

Rien à faire. Elle tenait promesse. C'était une fille bien, désespérément bien. Et ce n'était pas à lui de faire des aveux que personne n'aurait crus. Dépité, il s'en tira par cette pirouette :

« Mais il faut te soigner, ma petite chérie ! Rassure-toi, le gentil tonton Toinou va s'en occuper ! »

Sur ce, il remit la musique en poussant le son au maximum. Puis s'en fut, impérial, en direction du buffet, ou plutôt ce qui en restait. Ne subsistait à présent qu'un champ de ruines d'où émergeaient cendriers pleins, verres vides, cadavres de bouteilles, gâteaux entamés, bougies calcinées, fromages répandus, assiettes empilées, raviers de beurre fondu, pains surprises en miettes et cure-dents en pagaille. Antoine n'y trouva pas ce qu'il cherchait – en l'occurrence de la farce, de la grosse farce. Il fila alors vers la cuisine, y dégota une tranche de jambon au fond du frigidaire, et s'en revint auprès d'une Virginie redevenue joyeuse. Puis, pour tout traitement, il lui flanqua sur l'œil gauche son cataplasme de Bayonne en ricanant :

« Tu ne t'es pas ratée, ma jolie. C'est un coquard, ou je ne m'y connais pas. Ce qu'il te faut pour désenfler, c'est quelque chose de frais. Tu m'excuseras, je n'ai plus de glaçons. »

Le sang de Virginie ne fit qu'un tour. Elle lui retourna le jambon en travers de la figure. Antoine n'attendait que ça. Le piège avait fonctionné au-delà de ses espérances. Invoquant alors la légitime défense, il saisit à pleine main une part de tarte Tatin et l'écrasa sur la tête de sa victime, avant de lui shampouiner frénétiquement l'occiput.

Cela fit l'effet d'une bombe. Outre les piaillements d'une Virginie hystérique, des cris se firent entendre. La plupart scandalisés, les autres ravis. Chacun choisit son camp. Mais il était trop tard. Les moins éméchés de la bande eurent beau calmer le jeu, crier à l'opprobre, rien n'y fit. Dans le salon, déjà, la nourriture volait bas. Et les combattants s'en donnaient à cœur joie. Ainsi, Paul, incontrôlable, Thibault, hilare, et Antoine, trop heureux, bien sûr, de mener le bal au rythme des éclats de verre et des accords musclés d'un rock californien. Maintenant, c'était à qui des trois canarderait le plus de bouffe. Chère et belle Virginie, si elle avait pu imaginer le magnifique carnage qu'elle avait occasionné malgré elle !

Les minutes passèrent, poisseuses. Bien que souillées, les portes vitrées offraient encore de quoi assister au désastre. Sous les yeux du public, les parts de gâteaux, les poignées de cacahuètes et les croûtes de fromage décollaient. En guise de catapultes, des cuillères à dessert projetaient des restes d'îles flottantes tandis que, par mitrailles horizontales, la mousse au chocolat s'écrasait sur les murs en grosses gouttes excrémentielles. On vit une tranche de bœuf décrire une parabole puis tomber dans un plouf en plein dans le bol de sangria, des salves de crevettes arroser l'espace et une boule de vanille descendre le long d'une vitre en laissant derrière elle une traînée d'escargot.

Après un moment de totale hébétude, Eric, le premier, exprima sa révolte :

« C'est monstrueux... il faut arrêter ça. »

Sa voix couvrait tout juste le vacarme du salon.

« N'arrête surtout rien.

— Mais quoi, Cécile ? Tu laisses faire ? »

Cécile ne releva pas. Evidemment qu'elle laissait faire. Ce qu'elle voulait, c'était justement savoir jusqu'où Antoine était prêt à aller. Elle avait la curiosité incrédule d'un spectateur affligé par la pièce donnée devant lui mais qui, par une sorte d'acquit de conscience un peu masochiste, ne brûle pas moins d'en voir le dénouement. Pas question de gâcher l'acte final. L'important, à la faveur de cette apothéose, était de se remémorer tous les événements qui y avaient conduit. Rétrospectivement, avec la précision d'une horlogerie infernale, toutes les scènes annonciatrices du drame reprenaient place dans son esprit. Et ce n'était pas sans un intérêt désespéré, mais avide, que Cécile attendait maintenant l'explosion de cette bombe à retardement amorcée quelques mois auparavant.

Eric n'insista pas. Seule Clara remit ça.

« Ça me fout en l'air. Franchement, je ne te comprends pas, Cécile.

— C'est normal. Il n'y a que moi qui puisse comprendre. Et pardonner.

— Et ça te suffit ?

— Pour le moment, oui. » Et ce oui minuscule d'être aussitôt emporté par un flot de décibels, de cavalcades et de hurlements – les hurlements que poussaient, juste là, derrière la vitre barbouillée, les fantômes de Paul, de Thibault et d'Antoine.

Les munitions vinrent bientôt à manquer. Toujours embusqués derrière leurs fauteuils, et faute de projectiles solides quoique souvent friables, les tireurs eurent recours aux liquides. Les bouteilles de champagne secouées firent office de lances à incendie, les bouteilles plastifiées – Coca, jus de fruits –, de bombes à eau à forte nocivité en taches sucrées, et le bol de sangria passa comme un ovni au-dessus du canapé en faisant tournoyer ses quartiers d'orange. Il s'en fallut de peu que le Ruinard y passât également.

Au total, la bataille s'étendit sur dix bonnes minutes qui parurent des siècles à ceux qui en furent témoins.

Il fallut l'épuisement complet des munitions et celui des combattants pour qu'elle s'achevât enfin. Antoine tenta bien de se confectionner un cocktail Molotov à base de gin-tonic et d'y mettre le feu à l'aide d'une bougie d'anniversaire, c'était bel et bien fini. Chacun sortit de sa planque et déposa les armes. Un fond de veuve-clicquot, bu à même la bouteille par le trio infernal, scella une amitié conquise de haute lutte.

La voie était libre. Une porte couina, la musique cessa comme par enchantement, et une armée des ombres, surgie du couloir, vint investir les lieux pour mesurer les dégâts, évaluer la catastrophe. Ce n'était pas une catastrophe, c'était l'apocalypse. Quelque chose d'indescriptible, avec l'odeur en prime. Pas un endroit où poser le pied sans risquer de glisser, de répandre encore plus la mélasse. Le plancher était jonché de cacahuètes, de miettes, imbibé de liquides visqueux. Les murs, les vitres, les rideaux, les livres, les tapis, tout était maculé de gâteau, gluant de chocolat, moucheté de crème ou de mayonnaise. Partout, des taches, des coulures, du gras. Et, pour unique perspective, des heures de travail acharné, un genou à terre et les mains dans les déchets.

On entendit un grognement mouillé. Thibault, après un petit renvoi inquiétant, venait de se vomir sur le plastron. A son côté, Paul dormait tout à fait, sur le dos, bras écartés. Quant à Antoine, accroché bec et ongles à sa réputation de dandy magnifique, toujours debout même ivre mort, il venait de se frayer un passage parmi ses amis pour aller respirer dehors et, mieux encore, creuser sa tombe dans la terre meuble, se draper dans les feuilles juste tombées des arbres, rejoindre la pourriture d'un automne définitif. C'était l'idée, du moins. Car, à peine franchi le seuil de la maison, il s'étala de tout son long sur le dallage de la terrasse pour ne plus en bouger. Puis il ferma ses paupières, sans volupté, comme on baisse son rideau de fer lorsque l'on craint pour sa vitrine et qu'on entend monter, du bout de l'avenue, la rumeur lancinante des émeutiers.

Il pouvait cuver tranquille. Si révolte il y avait, chacun semblait décidé à la garder pour soi. Dans le salon, à l'image de ces cumulus noirs qui annoncent les orages de chaleur, un épais nuage de dégoût s'était formé au-dessus des têtes. Mais excepté deux gouttes d'eau, lourdes de reproches, sous les cils de Cécile, rien ne vint. Ni tonnerre ni foudre. A elle qui était la femme du meneur, il ne restait la force que de saisir une serpillière pour repousser au lendemain les premiers éclats d'une scène inévitable.

Souveraine, elle décréta :

« Je suis désolée. J'ai honte de ce qui s'est passé. Ils sont plus à plaindre qu'autre chose. Si ça ne vous ennuie pas, aidez-moi juste un peu à ranger la cuisine. Pour le reste, on les laisse se débrouiller. Ils verront ça demain. Enfin, tout à l'heure. »

Il était en effet quatre heures du matin. Même dans les esprits les plus embrumés perça l'idée qu'il n'y avait pas de temps à perdre. On obtempéra donc. Dans un silence religieux, la maison devint le théâtre d'un ballet fantomatique dont chaque acteur s'appliquait à jouer parfaitement son petit rôle. Les mêmes qui, une heure avant, se trémoussaient en hurlant avaient à présent le visage grave des amis sur qui on peut compter. On n'entendait que les mouches voler, les pas glisser sur les dalles, les assiettes s'empiler, les verres s'entrechoquer et les couverts tinter en prenant place dans le panier de plastique du lave-vaisselle. Cécile orchestrait le tout avec les murmures et les gestes rituels d'une grande prêtresse.

Ils allèrent se coucher vers six heures du matin. La chambre d'amis, le bureau d'Antoine avaient été réquisitionnés. Tanguy et Sybille étaient logés chez des voisins. Quant à Anne-Laure, elle avait réservé dans un gîte rural, à trois maisons de là. Il était décidé qu'on se retrouverait pour un petit déjeuner tardif.

En rabattant les volets de leur chambre, les derniers à se coucher virent dans l'aube sale une masse bouger sur la terrasse. C'était Antoine qui reprenait conscience, transi de froid et de faim. Faim de nourriture roborative propre à cimenter son estomac et à enrayer ainsi un solide début de gueule de bois. Faim aussi de Cécile, la mère de ses enfants, qu'il avait envie d'aimer une dernière fois avant de partir.

Il gagna la cuisine, s'étonna de son état de rangement et du parfum de citron vert qui y régnait. Jeta un coup d'œil au salon, condamné pour plusieurs jours. Trouva du pain, dont il grignota un quignon. Avala coup sur coup un cachet de citrate de bétaïne et un autre de paracétamol effervescent – surtout pas d'aspirine. Puis il engloutit d'un trait un verre de Coca, avant de tirer tant bien que mal jusqu'au cabanon attenant à la maison deux sacs-poubelle gonflés d'ordures.

Il était maintenant prêt à affronter l'épreuve de l'escalier. En prenant son élan, il remonta le cours de ce torrent avec les zigzags et les accélérations subites d'un saumon épuisé mais vaillant. Enfin parvenu à l'étage, il en foula le plancher en choisissant chaque latte à sa bonne mine. Mais on ne pouvait faire pire comme clavier de bastringue. Aucune des touches ne se distinguait de sa voisine et chacune d'elles, à peine écrasée, émettait une note couinante.

Ce qui lui restait de lucidité lui dicta alors d'enlever ses chaussures. Et ce qui lui restait d'amour fou le poussa à pénétrer, recueilli, dans la chambre d'Alice et de Vincent.

Là, tout changea. Il paracheva sa mue. Plus question de beuverie, de camemberts qui volent ou de mains furetant sur une paire de nichons. Simplement le calme d'une chambre percée à jour par les premières lueurs de l'aurore. La tiédeur cotonneuse des pyjamas, des couettes, des souffles et des songes. Et la vision de ses deux enfants, reposant sur le dos dans leurs lits, absolument inertes bien qu'échevelés, figés dans cette chute libre mais immobile qu'est le sommeil.

En larmes, il s'agenouilla au chevet de chacun d'eux, réalisant qu'un jour quelqu'un d'autre que leur mère leur fermerait les yeux, sans qu'ils entendent « Bonsoir, bonne nuit, mon chéri ». Et leur dédia une prière, une de ces vraies prières que l'on se fabrique quand on a dix ans avec des mots tout bêtes, deux ou trois bouts de carton et des vœux magnifiques qui tiennent davantage de la commande au Père Noël que du salut de l'âme.

Cela dura longtemps. C'est fou comme il pria. C'est fou comme il pleura, aussi. En se relevant, fourbu, il se dit qu'en deux jours il avait plus pleuré qu'en quarante ans de carrière d'homme. Et que c'était bien ainsi. La bonne pâte qu'il était, dans le fond, avait d'autant plus de chance de garder imprimée l'image de ces enfants qu'elle était mouillée de larmes, malléable à souhait, facile à travailler.

Ivre d'amour, il plongea son visage dans le cou d'Alice, son Alice, son oiseau. Désarticulée parmi édredon et poupées, son pyjama relevé sur le ventre, elle offrait sans le savoir aux crocs des monstres de la nuit un îlot de chair tendre autour du nombril. Cela l'indifférait pourtant, au même titre que ses compagnons du jour auxquels elle tournait le dos – camions de bois, cubes et animaux de la ferme, lapins en peluche et tourniquets, tous gelés dans la position même où l'annonce du coucher les avait surpris et laissés là, épars, dans ce sanctuaire déserté par la vie l'espace d'une nuit.

« Papa ? »

Antoine fut étonné qu'elle se réveillât, sourcils froncés, toute droite dans son pyjama de pilou bleu. Elle répéta.

« Papa, c'est toi ?

— Dors, ma fleur. Papa est fatigué. »

Elle tâta son propre cou.

« C'est mouillé.

— Ce n'est rien, mon amour. Ce sont mes yeux. Ils ont fait pipi.

— Ah. »

Alice sourit, cala son oreiller et y posa sa tête avec une application de petite fille modèle. Antoine ne résista pas au bonheur effroyable de humer la chaleur de son cou, la soie de sa peau d'enfant, l'odeur de dentifrice à la menthe qu'exhalaient encore ses lèvres roses, juste entrouvertes.

Puis il passa à Vincent. Celui-là émergeait de sa couette bleue comme une taupe de son cheminement de terre meuble. Comme sauvé de l'inhumation, son ours Freddy se tenait serré contre sa joue. Museau contre museau dans leur dialogue de sourds, tous deux semblaient avoir plein de choses à se dire, le doudou borgne devisant avec l'air de celui qui en a vu d'autres, et Vincent l'écoutant, le pouce dans la bouche, ignorant tout du monde et du regard de son père posé sur ses joues. Celui-ci n'osa pas interrompre l'entretien. Il passa juste la main dans les cheveux roux de son fils, son petit dur, son petit mec. Puis le regarda se noyer dans ses propres yeux sans même bouger un cil.

Avant de quitter la chambre, il se retourna. Leur demanda pardon, pardon et encore pardon. Puis referma la porte, étouffé par le chagrin.

« Antoine... c'est toi ?

— Hein ? Oui, c'est moi, mon amour.

— Tu pleures ou tu es encore plus soûl que ce que je craignais ?

— Je suis enrhumé. J'ai pris froid, dehors.

— Tu ne te couches pas ?

— Si. J'arrive. Je prends juste une petite douche. Je me sens sale.

— Je comprends ça. Bonne nuit. Ce qu'il en reste, en tout cas.

— Bonne nuit, ma belle. »

Amnésique, Cécile pivota sur ses pieds nus. Elle flottait dans l'un des pyjamas rayés de son mari. Un chignon mal fixé par une barrette transversale laissait frétiller au-dessus de sa nuque une petite aigrette adorable. Elle était à la fois belle et un peu comique, ce qui va rarement de pair. Antoine eut envie de se jeter sur elle pour lui faire l'amour, ou lui faire la peau, cela revenait au même. Mais avant de trancher, il lui fallait finir sa ronde. C'était le moment ou jamais, après, ce serait trop tard. Toujours ce goût du travail bien fait, des choses menées à terme.

Suffoquant, il poussa la porte sur laquelle quatre grosses lettres aimantées annonçaient la couleur. Ici commençait le royaume de Lise. Le douillet et le dodu, le blanc et la clochette, le coton et le hochet régnaient en maître. L'amour feutré et doux capitonnait la pièce du sol au plafond. Se pouvait-il que lui, Antoine Méliot, complètement soûl et sale de ses excès, fût parvenu à mettre au monde ce chef-d'œuvre ? Bien sûr que oui, et il ne souhaitait pas voir plus loin que ça. Pour l'heure il préférait passer ses doigts pliés sur la joue de son ange – cinq roseaux de flûte de Pan sur un teint d'abricot. Butiner de ses lèvres les deux roses juste écloses de ses petites mains. Et se pencher pour mieux humer le pétale nacré de ses paupières avant de les baptiser de ses larmes de père.

Il passa sous la douche. Ce qu'il voulait prodiguer, maintenant qu'il était propre, c'était juste de l'amour. Rien d'autre. Il se précipita dans sa chambre, en tira soigneusement les rideaux et grimpa dans son lit pour prendre place auprès de Cécile. Précautionneusement, il allongea son corps contre son corps à elle jusqu'à s'y encastrer, en épouser chacune des courbes, chair contre chair, peau contre peau. Mais sans succès. Repliée sur elle-même dans l'exacte moitié du matelas conjugal, Cécile était comme ces îles de rêve que l'on ne peut accoster, faute de savoir précisément où se trouve la passe qui permet d'accéder sans risque aux eaux limpides du lagon.

9.

Antoine était caché dans l'ombre. Les tueurs approchaient, revolver au poing. C'était lui qu'ils cherchaient. Antoine savait qu'il ne disposait d'aucune issue, que ces deux hommes, tôt ou tard, et même dans la minute, le trouveraient forcément. Il pouvait d'autant moins fuir qu'il était entièrement nu. Pas même, pour le rassurer, la protection psychologique du vêtement. Pas même la chemise blanche du condamné. Rien que le froid sur sa peau.

Sa mort était imminente, maintenant. A dix pas, tout au plus. Neuf pas. Huit pas. Et Antoine au bord de l'arrêt cardiaque. Que faire, sinon accepter de mourir ? Rien, attendre, se résigner. Il en était là lorsque son corps tout entier fut parcouru d'une sensation étrange et, pour tout avouer, délicieuse. Erotique et un rien irritante. Il n'aurait su dire si ce picotement à fleur de peau tenait du prurit, de la caresse d'une femme avant l'extase, de la risée sur l'eau calme ou du froid de la douche avant le bon réglage du robinet. Ce qu'il constata seulement, c'est que ce quelque chose qui venait de le saisir à la façon d'un spasme lui dictait simplement de *vivre* une dernière fois. L'espace d'un clin d'œil, d'une déflagration, d'une déchiqueture, peut-être. Mais vivre. Et vite. Parce que c'était trop bon. Trop tentant. Fallait y aller.

Il y alla, et pas qu'un peu. Hurlant un chant du cygne d'épileptique, il sortit de sa cache et s'exposa aux tueurs, s'offrant tout entier à leurs armes, s'immolant au feu qu'elles crachaient. Jambes écartées, bras en croix et sexe à l'air, il eut conscience, dans la fraction de seconde qui le séparait de la mort, d'être tout à la fois totalement ridicule, vulnérable et vivant : vivant comme il ne l'avait jamais été. Sublimement vivant, car tout à sa joie d'éprouver sur chacun de ses pores et jusqu'au bout des ongles l'onde de l'ultime et absolue jouissance, absolue parce qu'ultime, parfaite, celle que ressent le temps d'un cri l'homme sujet au vertige en se jetant dans le vide, tant il est vrai qu'à la fin il est plus *simple* de céder, de décrocher, de tomber et de s'écraser au sol que d'avoir peur – plus *simple* de mourir que de se cacher.

Antoine était mort, mort et bien mort, indescriptiblement heureux.

Les vrombissements de l'aspirateur, rythmés par les premiers coups de pioche d'un mal de crâne redoutable, le sortirent de son rêve. Cécile était déjà levée. Lui ne voulait pas bouger. Le cœur au bord des lèvres, la langue pâteuse, il savait trop bien ce que cette journée lui réservait : une permanente envie de vomir, de l'alcool et de la bile pour commencer, puis tout ce qu'il était.

A en juger par l'agitation qui régnait au salon, on s'efforçait d'y effacer toute trace d'un cataclysme nocturne dont il ne se rappela d'abord que quelques bribes. Le solide remugle de roquefort et de vomi qui imprégnait encore ses paumes, ainsi que ses vêtements maculés et jetés épars dans toute la chambre, lui rafraîchirent la mémoire à leur façon.

Dans sa tête, ça cognait de plus en plus fort. Il avait bu comme un trou. Il s'était écroulé dans son lit. Et puis il y avait eu ce rêve, toujours le même... ce type à poil, embusqué, qui se découvrait d'un coup... parce que ça le soulageait d'aller jusqu'au bout... c'était bizarre, bien sûr... mais à bien y penser, ce n'était pas tant le rêve lui-même qui l'étonnait. Après tout, Antoine était habitué à le retrouver régulièrement, comme on retrouve un oreiller qui a gardé les plis d'un sommeil antérieur. Non, ce qui le chiffonnait, c'était plutôt le fait que ce rêve fût intervenu précisément cette nuit-là, au beau milieu d'un week-end comme celui-ci. Drôle de hasard qui n'en était pas un.

Les minutes passèrent, lourdes comme des paupières. A présent, tout embrumé qu'il fût, son opinion était faite. Ce rêve tombait trop opportunément pour n'être qu'une coïncidence. A l'instar de son héros onirique, il lui fallait maintenant aller au bout de lui-même. L'incroyable clairvoyance des ivrognes, pétrie d'instinct et de prescience, se vérifiait une nouvelle fois à travers lui. Revigoré, il décida de se lever. Et, à nouveau, de se laver.

Dehors, une belle journée s'annonçait, un de ces dimanches triomphants qui, croyant bien faire, jettent une effroyable lumière crue sur les reliefs du samedi soir, les mines défaites, les peaux démaquillées. Pour le reste, rien n'avait changé : sur une minuscule parcelle de la planète Terre, non loin d'une forêt giboyeuse résonnant de coassements, de craquements, de brames, de détalages intempestifs et de galops étouffés par les feuilles pourries, et tandis que les piverts s'en donnaient à cœur joie, se trouvait une longère découpant son pignon sur un ciel azur, une longère mystérieuse comme un ventre fécondé, pleine de tuyaux et d'eau et d'attente et de cris étouffés, et le plus incroyable résidait dans le fait que c'était justement dans cette longère-là qu'Antoine prenait sa douche.

En le voyant arriver, les autres ne purent s'empêcher de se pousser du coude. Le temps d'un bref coup d'œil, d'un prompt retournement, d'une tête levée, les chiffons cessèrent d'essuyer, les racloirs de racler et les balais de balayer. Quant à Antoine, incolore et récuré, le pli tombant sur la chaussure et les aisselles toutes pimpantes de déodorant fraîcheur marine, il sut immédiatement que, contrairement à la veille, il n'aurait aucun mal à haïr ses semblables.

D'abord parce qu'on était un dimanche. Ensuite parce qu'un véritable mur d'hostilité avait accueilli sa venue. Enfin parce que, malgré les douze coups de midi qui sonnaient à l'horloge, l'heure était encore au petit déjeuner. Au petit déjeuner collectif, s'entend. La hantise d'Antoine.

Il tenta un demi-tour. Trop tard. Le piège se refermait sur lui. Ironie du sort : par on ne sait quel dérisoire réflexe de politesse – à moins que ce ne fût là une consigne de Cécile –, tous les amis présents semblaient avoir mis un point d'honneur à l'attendre pour déjeuner avec lui, lui qui ne détestait rien tant que de devoir parler au moment du premier café et n'aspirait qu'au silence. Et tous, d'un même mouvement, tiraient maintenant leur chaise pour prendre place à ses côtés avec l'intention manifeste – et vas-y que je te sourie – de passer l'éponge sur le carnage de la nuit après en avoir très partiellement effacé les coulures.

« Bonjour ! »

Un bonjour peu convaincu lui fit écho. Antoine continua :

« Bien dormi ?

— Pas longtemps », grommela Anne-Laure.

Après un premier mouvement de recul, et alors qu'un café fumait sous ses narines, Antoine buvait maintenant du petit-lait. Car ce qu'il observait tout autour de la table allait très au-delà de ce qu'il avait imaginé de pire.

Trop occupé à remettre en état le salon, personne n'avait encore eu le temps de faire sa toilette, à l'exception de Cécile, impeccable dès le matin en jean et pull bleu pâle ras du cou. Autour de lui, tout n'était que cheveux en épis, sourires entartrés, regards chassieux. Les filles elles-mêmes se révélaient sous un jour nouveau, traits tirés, joues pâlies, regard sans fard, cheveux plats, seins non plus ronds et triomphants mais tombant mous dans les plis des nuisettes ; seule Virginie sauvait la mise, dont les mamelons pointaient, drus et durs, sous le coton blanc, tandis que, autour de son œil rouge et gonflé, un cercle violet lui faisait comme une aréole supplémentaire. Quant aux garçons, ils rivalisaient comme toujours de virilité pataude, joues mal rasées et poils de torse huileux.

Inespéré.

Tout à leur voracité, les uns et les autres semblaient revendiquer, sous prétexte d'être entre amis, la liberté d'une attitude décontractée, trop décontractée, et même franchement à leur désavantage, comme s'il y avait dans ce laisser-aller un gage d'affection ostentatoire. Je me gratte les fesses parce que je t'aime bien. Je frotte mes mycoses sous ton nez parce qu'entre nous on ne va pas se gêner. Et chacun d'y aller de sa blague sur telle mine fripée ou odeur de pieds, de dire bonjour à l'autre en lui soufflant dans le nez une haleine de poney. De laisser bâiller tee-shirts de nuit et pyjamas trop larges.

Un rêve.

De cette mort temporaire qu'est le sommeil, il y avait ceux qui ne s'étaient pas encore remis et dont les gestes relevaient de la rééducation postcomateuse. D'autres, au contraire, à grand renfort d'exclamations enthousiastes, semblaient à tout prix vouloir partager avec leurs commensaux la joie d'être une nouvelle fois ressuscités, ne réussissant en cela qu'à déprimer encore plus le clan des léthargiques. C'était selon. Mais tous, dans un joyeux vacarme, avaient en commun de vouloir sacrifier coûte que coûte à l'excitation du matin.

Cécile, décidément, avait bien fait les choses et il y avait fort à parier qu'elle et ses comparses s'étaient levés tôt pour aller acheter des croissants chauds et du pain frais chez la mère Toufflet. Pour tout le monde, à présent, il semblait acquis qu'au cours de la nuit Antoine n'avait fait que boire un coup de trop en compagnie de ses vieux copains, qu'il en avait bien le droit, qu'on n'avait qu'une fois quarante-deux ans, que la vie était courte et qu'il convenait de la remplir en s'amusant un peu. Personne, d'ailleurs, ne s'occupait de lui. Manger d'abord, causer après, telle était la devise.

Antoine attendait le moment pour sortir de sa cache. Il n'eut pas à chercher loin : Bérengère, toujours serviable, lui offrit une occasion toute ficelée. Pas rancunière, elle se tourna vers lui – on sentait tout de même qu'elle y mettait beaucoup du sien – et, d'une voix étouffée par un toast grillé, lui demanda à brûle-pourpoint :

« Ça va, mon Toinou ? »

La question ne trouva tout d'abord comme écho que des bruits de maxillaires et des tintements de cuillère. Un peu gênée, Bérengère resta quelques secondes à regarder Antoine, puis, celui-ci demeurant muet, elle entreprit d'observer longuement le carré de pain de mie entamé qu'elle tenait à l'horizontale de sa bouche. Désormais convaincue qu'il ne s'agissait pas d'un harmonica, elle s'apprêtait à mordre de nouveau en plein dedans lorsqu'une voix blanche la coupa dans son élan.

« Et pourquoi ça n'irait pas, ma poulette ?

— Je ne sais pas moi. Tu ne dis rien.

— Parce que je n'ai rien à dire. Je n'ai qu'à vous regarder. Ça suffit à mon bonheur. »

Les mastications ralentirent, laissant la place à des raclements de gorges et de chaises. Chacun chercha les yeux de son voisin. C'est le moment que choisit Thibault pour aspirer en une longue succion le morceau de peau qui flottait à la surface de son lait. Une grosse morve blanche reniflée d'un coup et gobée goulûment. Antoine lui en sut gré à un point inimaginable. C'était pain bénit. Il était moins nécessaire que jamais de travestir ses sentiments.

« Voilà ce qui s'appelle être un gros porc. J'ai envie de dégueuler, tiens. »

De fait, il en avait réellement envie. Sa nausée d'alcoolique était trop accentuée pour le laisser regarder impunément un tel spectacle. Mais la punition vint d'ailleurs. Après une hésitation, Clara – que l'on sentait la plus remontée depuis le début du déjeuner – décida de se soustraire aux consignes pacifistes de

Cécile. Elle éclata d'un rire mauvais et laissa tomber dans un silence de mort :

« Antoine, tu te fous de nous, là ? »

Cécile posa une main sur le genou de sa voisine.

« Attends, Antoine, c'est toi qui parles de porc ? C'est toi qui parles d'écœurement ? Après le bordel que tu as foutu toute la nuit ? »

L'assemblée d'amis s'était muée en jury. Cécile supplia Clara d'arrêter.

« Laisse-nous, Cécile, on discute, c'est tout. Simplement, je ne supporte pas qu'un type qui a maculé de bouffe un salon entier ose traiter les autres de porcs.

— Ça va aller trop loin, soupira Cécile.

— C'était mon anniversaire, crut bon de rappeler Antoine.

— Anniversaire je t'emmerde », s'enhardit Clara au nom de tous, soudain en verve dans son rôle de porte-parole. « Tu t'es conduit comme un gros con, Antoine. Et ça m'étonne de toi. Ça nous étonne tous. Que ce soit ton anniversaire n'y change rien. »

Un malaise parcourut l'assemblée. Pour être unanimement d'accord avec Clara, les uns et les autres ne souhaitaient pas pour autant être trop vite associés à son réquisitoire. Des yeux fixèrent le plafond et d'autres plongèrent dans le marc de café pour y deviner l'avenir proche. Mais, pressé d'en finir avec ce petit déjeuner, ce week-end, cette situation, Antoine reprit l'offensive, en prenant soin de la cantonner à un échange entre Clara et lui.

« Heureux de pouvoir encore t'étonner, Clara. Et qu'est-ce qui te gêne dans le fait de s'amuser un peu, pour une fois ?

— Ce qui me gêne, c'est de voir de la bouffe voler quand d'autres n'ont pas un franc pour mettre quoi que ce soit dans leur assiette. Ça, pour le coup, c'est écœurant, tu vois. C'est un truc de gosse de riche, de dandy décadent, ça se veut drôle, mais je suis désolée, c'est nul. Tout simplement nul. Voilà. »

Antoine exultait. L'argent ! Il était là, LE sujet ! Livré sur un plateau dès les premières minutes du petit déjeuner. Une providence ! Comme la peine de mort, l'extrême droite ou l'avortement, c'était le genre de thème sur lequel tout le monde avait son mot à dire, son idée à exprimer, son petit poncif à défendre, quitte à se brouiller pour cela avec son meilleur ami.

Il se hâta de poursuivre, conscient qu'une telle opportunité ne se présenterait pas deux fois.

« Ah ! » s'écria-t-il, consterné par ce qu'il s'apprêtait à dire, mais pas mécontent de retrouver l'agressivité manichéenne de ses quinze ans. « On y est donc. Les grands mots sont lâchés. Enfant gâté, dandy, et puis quoi encore ? C'est bien, Clara, dans ta vie de petite bourge oisive pourrie gâtée par son mari, tu t'es trouvé une cause à défendre. Pauvres petits Africains, faut bien avoir de temps en temps une pensée pour eux, hein ? Avec la moindre de tes paires de pompes on pourrait creuser trois puits au Sahel. Et ton salon logerait à l'aise trois familles de Maliens... Alors tes belles leçons...

— Tu confonds tout... », soupira Eric qui souhaitait calmer le jeu en coupant l'herbe sous le pied d'une Clara transformée en fauve.

« Oh, mais voilà que notre grand psychiatre à deux mille balles la consultation se met de la partie ? ironisa Antoine. Qu'est-ce qui nous vaut ce plaisir, mon loulou ? Une mauvaise conscience passagère ? Il est vrai qu'après être passé de l'appartement de tes parents à l'appartement que tes beaux-parents t'ont offert, tu dois considérer l'argent comme une denrée sans importance...

— Qu'est-ce que tu racontes ? Je n'ai jamais dit ça.

— Tu ne le dis pas mais tu le penses si fort que ça suinte de ton corps bien nourri.

— Mais n'importe quoi ! » rétorqua sèchement Clara, qui trouvait son mari trop mou. « On dit seulement qu'il n'y a pas que l'argent...

— ... qui fasse le bonheur, c'est ça ? Conneries ! » tonna Antoine, soulagé de pouvoir enfourcher à cru un aussi beau cheval de bataille. « L'argent, c'est tout, figure-toi. Tout ! L'argent, c'est la culture. Que je sache, on a plus de chances d'être cultivé en revenant de Venise que de la salle polyvalente d'une cité HLM. L'argent, c'est la beauté. En plein mois de janvier, tu seras sûrement plus jolie en cachemire de retour des Seychelles que toute blanche dans un survêt pourri. L'argent, c'est la santé. Si tu te prends un platane, vaut mieux que ta tête rebondisse dans l'airbag de ta BM que dans le pare-brise d'une estafette. Faute de quoi, tu risques fort d'y laisser ta peau ou, au mieux, d'être soignée par le premier boucher venu et non par le grand ponte tellement sympa que tu as rencontré en faisant ton dix-huit trous. Conclusion, l'argent c'est la vie !

— La vie ? Mais arrête...

— La vie ! Et je ne parle pas du maquillage, des bijoux, des fringues et de tout ce qui ne se mesure pas, cette sensation d'être à l'aise, dans le ton, toujours à la bonne place. Avec de l'argent, tu es bien, tu es beau, tu fais des sports sophistiqués, tu es en forme, musclé, couvert de crèmes aux algues à huit cents balles le tube, tu dragues peinard, tu as confiance en toi, ce qui revient à dire que l'argent, c'est aussi l'amour, le septième ciel, le panard au plumard. Alors, pitié, ne viens pas me parler du mythe de la jolie pauvresse au fond de sa roulotte, ou de la belle lingère aux joues fraîches ! Les pauvres sont souvent moches, édentés, rougeauds, incultes, agressifs et cons. Il faut vraiment n'avoir rien d'autre à foutre pour se préoccuper d'une catégorie d'individus aussi dénuée d'intérêt. Seuls les riches, une fois de plus, peuvent se payer ce luxe. Et le plus beau quand ils le font, c'est que ce sont les pauvres eux-mêmes qui les applaudissent !

— C'est monstrueux, s'exclama Sybille.

— Mais non ! Ce qui est monstrueux, c'est d'oser prétendre que l'argent ne fait pas le bonheur. Ça, c'est vraiment ignoble. C'est l'ultime pirouette du nanti. Moi, je soutiens que l'auteur de cette théorie est un aimable fils de pute qui n'a pas l'ombre d'une idée sur ce qu'est le manque de fric...

— Aucun rapport.

— Oh que si, il y en a un. Car le genre de péteux qui soutient ce discours n'a jamais souri jaune devant les "sauf erreur ou omission de notre part" des lettres de relance ; il n'a jamais sué devant son répondeur en filtrant les messages de son banquier, "un chèque se présente, monsieur Machin, je ne peux pas l'accepter, rappelez-moi d'urgence", et ça tous les matins. Il n'a jamais reçu les formulaires bien tapés qui te crachent à la gueule la menace imminente d'une interdiction de chéquier à la Banque de France. Il ne s'est jamais bouffé le nez avec les petites salopes des services contentieux (Antoine prit une voix nasillarde) : "La banque a été patiente, maintenant ça suffit, vous avez dix jours pour couvrir le découvert, faute de quoi il faudra procéder à la clôture du compte." Il ne connaît pas l'angoisse de voir sa carte bancaire refusée à la caisse du supermarché, avec la machine qui fait bip-

bip, la caissière qui agite sa cloche et les clients qui penchent la tête sur le Caddie bien rempli qu'on finit par laisser derrière soi. Il ignore la honte de s'entendre refuser par une guichetière de banque, haut et fort comme toujours, deux cents malheureux francs parce qu'il n'y a plus rien sur le compte, que c'est comme ça et pas autrement, et qu'il faut repartir avec le rouge aux joues, pire qu'un ado qui achète des capotes dans la pharmacie de son quartier. Et je ne parle pas des huissiers...

— C'est quoi un huissier, papa ? » s'enquit Alice, heureuse de renouer le dialogue avec son père sur l'un de ses sujets favoris.

« Huissier, ma chérie, c'est quand on a échoué au concours de déménageurs », répondit Antoine à la satisfaction de l'assemblée, subitement pleine d'espoir de retrouver ce dernier tel qu'en lui-même, acide, certes, mais drôle. « Huissier, c'est quelqu'un qui envoie de jolis papiers roses, puis jaunes, puis bleus, avec écrit dessus des trucs rigolos comme “dernier avis avant saisie” ou encore “dernier avertissement avant ouverture des portes”... Alors, tu vois, ma puce, d'abord on croit que c'est pour rire, qu'il dit ça pour faire peur, mais un jour ça arrive, ça arrive pour de vrai, on voit un gros camion qui se gare, il y a des messieurs partout, et même des gendarmes, et puis l'huissier bien sûr, il s'est dérangé, on a l'impression d'être un bandit très méchant, mais non, c'est juste qu'il veut emmener la chaîne et le frigo, la voiture, le canapé, tous les meubles qu'on aime bien, sauf la table pour bouffer parce que ça, c'est légal, ils peuvent pas y toucher...

— Et il ne reste plus rien ?

— Eh non, il ne reste plus rien, sauf des traces de

cadres sur le mur, des plinthes empoussiérées et, pour les gens qui restent dans leur maison vide, l'envie de tuer non seulement l'enfoiré qui a fait son devoir avec un air contrit, mais aussi les Che Guevara du 16e, les provocateurs en peau de lapin, ceux qui jouent les Saint-Just pour se dédouaner d'être nés avec trois cuillères en argent dans la bouche...

— Si tu as eu des problèmes d'argent, tu n'avais qu'à nous en parler..., se hasarda Tanguy.

— Mais je te pisse à la raie, connard, j'ai tout ce qu'il me faut ! coupa Antoine, qui sentait que ça venait bien. Rentre-toi bien dans le crâne que je n'ai pas besoin de ta pitié ni de ta condescendance. Il y a cinq ans j'ai eu des problèmes de fric, c'est vrai, mais ce n'est sûrement pas à toi que j'aurais pu en parler. Parce que le pire, dans ces moments-là, ce n'est même pas le piano qui s'en va ou tel fauteuil que tu aimais bien et que tu vas t'empresser de récupérer à la salle des ventes, non, le pire, tu vois, c'est le regard des autres, celui des gens comme toi...

— Comme moi ? C'est charmant...

— Des gens comme toi, parfaitement, bouffis de compassion, de volonté de bien faire, enfin une bonne action à se mettre sous la dent pour conjurer la platitude de sa petite vie ! C'est bien ça, oui, le pire. Dans ces cas-là, le plus insupportable, ce n'est pas tant la vraie richesse... Elle, au moins, elle joue franc-jeu, elle dégoûte ou elle fascine selon qu'elle est mal ou bien portée... Mais c'est plutôt la normalité, les gens en règle, ceux qui, tout petits déjà, avaient toujours le bon cahier ou la bonne gomme à l'école, toujours le bon forfait et le bon bonnet en classe de neige, et qu'on retrouve plus tard avec toujours une voiture bien lavée devant leur pavillon, parce que c'est dans leurs gènes d'être irréprochables, d'être créditeurs à la banque, respectés dans leur quartier et gentils avec la boulangère... Et puis, merde, vous me faites chier, je ne sais même pas pourquoi je vous dis tout ça... »

Cette fois, Eric explosa.

« Mais parce qu'on est tes amis, bordel, en tout cas jusqu'à preuve du contraire ! » Il était exalté, la lippe humide, debout comme en plein tribunal. « Mais qu'est-ce qui te prend, Antoine ? Qu'est-ce qu'on t'a fait ? Dis-le-nous ! Depuis hier on ne te reconnaît plus... »

Eric avait ouvert une brèche. Tout le monde s'y engouffra.

« Si tu as des ennuis, on est là pour t'aider, commença Bérengère.

— C'est vrai, reprit Sybille. Tu ne nous dis jamais rien...

— Alors nous, forcément, on s'inquiète. Pour toi, et puis aussi pour Cécile. Mets-toi à notre place », ajouta Luc, toujours consensuel.

Tous y allèrent ainsi de leurs commentaires conciliants. A l'exception de Thibault et de Paul, qu'une trop fraîche complicité avec Antoine dans l'affaire de la bataille rangée avait mis en quarantaine et condamnés au profil bas. Et ça dura longtemps. Interminablement. Jusqu'à épuisement des stocks de gentillesse. Jusqu'au silence total.

10.

Cela faisait une heure qu'ils étaient à table. Personne ne songeait à se lever avant la fin de la séance. Le petit déjeuner avait tourné au grand procès. Antoine attendit un « Accusé, levez-vous » qui ne vint pas. Il releva la tête, passa en revue cette cour improvisée dont chaque visage le considérait gravement par-dessus les boîtes de corn-flakes et les pots de confiture. Il réalisa qu'affaibli comme il l'était par le manque de sommeil et l'alcool il n'allait pas résister longtemps à une telle pression. Il fallait en finir. Alors il se jeta dans le vide. Halluciné. Mécanique. Un automate récitant son texte.

« Vous n'êtes pas mes amis. On ne peut pas se comprendre. Vous ne pouvez rien pour moi. Je ne peux rien pour vous. C'est faux de penser qu'on s'entend bien. On s'exaspère sans cesse les uns les autres et on essaie de se pardonner parce qu'on y est (il chercha son mot)... disposés. C'est ça. Disposés. Parce qu'il est dit quelque part que nous sommes amis, alors que c'est le hasard seul qui veut ça, les contingences de la vie. Hier, nous avons partagé un gâteau de la même façon qu'il nous est arrivé, parfois, de partager plein d'autres choses. C'était un partage, mais comme dans tout partage, chacun en a gardé sa propre part. Une part distincte. Une part non partagée. Parce que le partage, c'est du bidon. Rien ne se partage vraiment, ni les gâteaux dégueulasses, ni l'amitié. C'est pour ça que nous ne sommes pas amis. Nous sommes, au mieux, des proches, sans l'avoir fait exprès, dans la mesure où la vie nous a rapprochés, au lycée, au boulot, en vacances, et puis aujourd'hui dans cette maison. De là à aller chercher plus loin... »

Tout le monde était un peu sonné. Antoine avait les boyaux broyés dans l'alcool fermenté, ça tapait très fort dans sa tête, mais il se sentait pousser des ailes.

« Je suis désolée, ce que tu dis est à gerber, dit Clara.

— Tu vois ? Je t'exaspère. Et moi je n'aime pas que tu m'interrompes comme ça. Je n'aime pas tes manières de petite fille gâtée habituée à ce que tout le monde, et en particulier ton mari, lui obéisse au doigt et à l'œil... »

Elle voulut réagir. Il lui imposa le silence, les deux mains en avant.

« Pas plus que je n'aime, rassure-toi, la trop commode spontanéité de Bérengère, qui lui permet de dire les pires conneries sous prétexte d'être nature ; ni le flegme de Luc, qui lui épargne de s'exposer quand on attend de lui un peu de sincérité ; ni les idées préformatées d'Anne-Laure, sa manière si chrétienne d'imposer aux autres sa mauvaise humeur pour mieux s'en excuser... »

Anne-Laure essaya à son tour de stopper le rouleau compresseur. Mais Antoine haussa le ton.

« Ni la perfidie de Thibault, qui lui tient lieu d'humour ; ni Virginie, quand elle n'est plus qu'une poupée gavée de télé et de régimes beauté ; ni l'ambition d'Etienne, qui se prend pour un gentilhomme parce qu'il a trois bonnes bouteilles dans sa cave ; ni l'humanisme sans risque de Paul, dont l'esprit est aussi ouvert qu'est fermé son portefeuille ; ni le côté petite bourgeoise de Sybille, son intérieur propret, son linge bien repassé, son plan d'épargne, sa vie toute tracée ; ni la rébellion en plastoc de Tanguy qui, en bon fils à papa, répand ses idées de gauche avec d'autant plus de verve qu'elles ne changeront jamais rien à son train de vie... Tu comprends ? Tout ça, je ne l'aime pas. Et vous pourriez en dire largement autant sur mon compte. Alors je pose la question : pourquoi veux-tu que nous soyons amis ?

— Mais ça n'a rien à voir ! tempêta Clara. Absolument rien à voir ! Tu mélanges tout, une fois de plus ! »

Elle était furax. Cécile ordonna aux enfants d'aller jouer dehors avant de disparaître dans la cuisine pour ranger, aussitôt talonnée par Anne-Laure, Thibault et Etienne. De sa grosse main velue mais tendre, Eric calma sa femme.

« Laisse tomber, ma puce. Tu ne vois pas qu'en faisant ça tu entres dans son jeu ? C'est ce qu'il cherche. »

Antoine remonta au front.

« Je ne cherche rien. J'ai déjà trouvé. Et puis ça ne se fait pas de parler de quelqu'un comme s'il n'était pas là.

— Précisément, tu n'es pas là, Antoine. L'Antoine qu'on a connu jusqu'à ce week-end n'est pas là. Je ne sais pas où il est, d'ailleurs. J'aimerais bien qu'on me le dise.

— Mais qu'est-ce qui te gêne, mon gros ? Que je dise à haute voix ce que nous pensons tous sans oser l'avouer ?

— Primo, ne m'appelle pas mon gros ou je t'envoie ce bol dans la tronche. Deuzio, je ne partage pas une seconde ton opinion. Il me semble quand même qu'hier quand on est allés voir la Jaguar...

— Quoi ? Cette escapade ? Notre petite complicité de circonstance ? Ne me dis pas que tu as marché, Eric ! Pas toi ! Tu n'es quand même pas naïf à ce point ! Le cliché des deux copains qui se racontent leurs quatre cents coups autour d'une bagnole, forcément ancienne, forcément anglaise, plus personne n'y croit !...

— Excuse-moi, grimaça Eric, réellement affecté. Moi j'y ai cru. Et j'y crois encore. Que tu le veuilles ou non.

— Eric, n'insiste pas », grommela Bérengère, qui commençait à se rappeler que la vengeance est un plat à consommer froid. « Depuis hier, il est imbuvable. Il n'y a aucune raison que ça s'arrête.

— Exact », acquiesça Luc en allumant une cigarette. Avant de poursuivre dans un nuage de fumée recrachée par le nez : « Si on est encore là, Antoine, c'est uniquement pour Cécile. Il y a longtemps qu'on aurait dû te laisser en plan avec tes états d'âme. Parce que tu commences à nous faire vraiment chier...

— Et pas qu'à moitié », lâcha Eric, galvanisé par l'appui de Luc, dont il avait toujours admiré l'autorité naturelle. « Alors une dernière fois, ou tu nous dis ce qui ne va pas, ou tu vas te faire foutre...

— Mais mon gros...

— Putain, tu fais chier avec ton "gros" ! »

Antoine reçut le bol rempli de café tiède en plein sur le torse. Il n'avait rien fait pour l'esquiver. Le liquide coula sur la nappe, la chaise, le tapis.

Eric s'excusa presque : « Je t'avais dit de ne pas recommencer. Tu nous pousses à bout. Ne t'étonne pas après... »

Il sortit de la pièce où ne flottaient maintenant, au-dessus des têtes soucieuses, qu'un silence épais et une fumée de cigarettes qu'on aurait pu prendre au premier coup d'œil pour un entrelacs de toiles d'araignée tant la scène était figée et ses figurants, de cire. Cloués sur leur chaise par on ne sait quel espoir de sauver l'insauvable, les derniers obstinés à se tenir autour de la table – Bérengère, Paul, Tanguy, Luc, Sybille, Clara et Virginie – avaient les yeux braqués sur Antoine. Ce dernier observait sans un mot, fixement lui aussi, l'auréole jaune qui maintenant collait sa chemise sur sa poitrine. Il savait qu'au fond de lui, sous le tissu et la peau trempés de café, réveillée par les cris et l'impact du bol, une patte familière venait de sortir de sa cavité noire.

« Antoine ! »

Talonnée par Thibault, Anne-Laure et Etienne, Cécile déboula de la cuisine au pas de charge. Confus de ce qu'il avait fait, Eric avait dû aller s'excuser auprès d'elle.

Face à son mari, Cécile se tenait maintenant droite, glacée par la honte. Par égard pour elle, nul ne songea à en rajouter, pas même Clara, pourtant prête à mordre. Une bouffée de dépit traversa Antoine. Cécile, sa Cécile, sa femme souffrait une nouvelle fois à cause de lui et il ne le supportait pas. Mais il était au milieu du gué. En bon acteur, il attendit tranquillement la réplique suivante pour enchaîner.

Cécile la lui donna. Livide, elle tirait sur les doigts des gants de ménage qu'elle n'avait même pas pris le temps d'ôter.

« Antoine, on va peut-être arrêter là ?

— Comment ça ?

— On va arrêter les frais, tu ne crois pas ? Ton numéro de cynique solitaire était très réussi, mais maintenant on a assez ri. Alors je te le répète, ou tu arrêtes là, ou je crains fort que tu ne te retrouves *vraiment* tout seul. »

Tout seul. Dans les entrailles d'Antoine, ça bougea de nouveau. Un couteau dans une plaie. Cette fois-ci, il s'agissait de Cécile. Chaque coup porté par elle comptait triple.

« Mais ce sont eux, mon amour, qui ne pensent qu'à partir, répliqua-t-il. Ils disent ne rester qu'à cause de toi. Vexés comme des...

— Antoine ! »

Il ne put finir sa phrase. Une brûlure insoutenable venait de lui déchirer la poitrine. Livide, il se cassa en deux, la main sur le cœur, affalé sur le côté, emportant dans son mouvement une soucoupe qui se brisa. Cécile s'était précipitée. Accroupie devant lui, elle lui épongeait le front d'une serviette et lui frictionnait les mains.

« Antoine, qu'est-ce qu'il y a ? Parle-moi...

— Mais ce n'est rien...

— Tu es sûr ?

— Mais oui.

— Tu veux que j'appelle un médecin ?

— Je te dis que ça va mieux », insista-t-il, toujours haletant, mais d'une voix plus dure qui confirmait ses dires. De fait, il se relevait déjà, la sueur au front, mais un peu moins blême que sa femme. Les autres s'étaient juste penchés. Antoine les regarda. Leur manque de réaction apportait de l'eau à son moulin. Il se rassit comme si rien ne s'était passé. « C'est à cause d'eux, souffla-t-il. Tout ça parce que je leur ai dit qu'il n'y avait rien entre nous tous, juste quelques souvenirs, mais sûrement pas de l'amitié.

— Calme-toi...

— Laisse, ça va. Je leur ai dit aussi qu'il ne fallait pas se raconter d'histoires. On vit très bien sans amis puisque les amis n'existent pas.

— Ce qui veut dire ?

— Ce qui veut dire qu'il n'y a que trois façons de s'emparer vraiment d'une part de l'autre. J'y ai bien réfléchi. »

Craignant de le contrarier dans un moment pareil, Cécile écouta docilement la démonstration.

« La première, c'est de l'hypnotiser pour lui prendre sa conscience. La seconde, c'est de le mutiler pour en manger un ou plusieurs morceaux...

— Mais c'est exquis tout ça ! » plaisanta Cécile pour dissimuler son inquiétude, tandis qu'Antoine en terminait :

« La troisième, c'est de pénétrer l'autre pour de bon, je veux dire physiquement, histoire de lui soutirer au mieux de la salive et de la jouissance, au pire des larmes et de la sueur... »

Ce disant, il échangea un bref regard avec Virginie. Ce fut à peine s'il ne lui adressa pas un petit clin d'œil. Elle le guettait par en dessous, recroquevillée sur elle-même, sans un mot, sans un geste brusque, comme il convient de se comporter en présence d'un animal dangereux. Antoine la délaissa comme un ours sa proie. Il n'en avait pas fini avec Cécile.

« Tout ça pour te dire, mon amour...

— On va laisser tomber le "mon amour" pour le moment, tu veux ?

— Comment ça ?

— Tu vois très bien ce que je veux dire.

— Justement, j'y venais ! Tout ça pour te dire donc, mon amour, si tu me laisses finir, que les braves gens ici présents ne sont pas plus mes amis, comme tu dis, que... que tu ne seras encore ma femme d'ici quelque temps. »

Cécile sortit. Comme dans les mauvaises pièces de théâtre, on l'entendit éclater en sanglots et monter l'escalier. Cette fois, Antoine se demanda lui-même s'il n'était pas allé trop loin. En même temps, il se sentait soulagé. Il avait atteint un point de non-retour. Le plus pénible était fait. Restait à affronter un groupe d'amis aussi féroces qu'une meute de chiens avant l'hallali. De façon prévisible dès qu'il s'agissait de Cécile, ce fut Paul qui, le premier, sortit la dague de son fourreau. Avec d'autant plus de véhémence qu'il avait à se blanchir de sa nuit de beuverie. Et que seul un signe fort de sa part avait une chance de convaincre les autres qu'il était désormais l'un des leurs.

« Qu'est-ce que c'est que ces conneries ? »

La partie s'annonçait rude. Paul n'était pas un adversaire facile. C'était l'ami historique d'Antoine et ce statut lui conférait une autorité particulière. Tout le monde allait se ranger à ses propos, bien en ligne. On n'allait voir qu'une seule tête. Antoine était aux abois.

« Je t'ai posé une question, Antoine. Tes conneries sur le partage, les gâteaux et l'anthropophagie, je veux bien. Qu'on ne soit plus tes amis, c'est dommage, mais en ce qui me concerne je m'en contrefous si tu commences à te conduire comme tu te conduis. Mais que tu passes tes nerfs de quadragénaire stressé sur Cécile, ça, personne ici ne le permettra.

— Oh que si, vous allez le permettre ! » prophétisa Antoine d'une voix qui glaça jusqu'au sang chaque personne présente. « Vous allez le permettre, parce que vous ne savez rien de rien de ce qui se passe réellement dans cette maison. Toi le premier, Paul. On s'est téléphoné vendredi soir, tu te souviens ? J'aurais bien aimé te parler, mon grand, mais manifestement je te dérangeais dans ton cher western. Alors je n'ai pas insisté.

— Mais pour la millième fois, explique-nous, Antoine, explique-nous ! On sert à ça, non ? Explique-nous, au lieu de nous rentrer dans le lard, les uns après les autres et de crucifier ta femme par-dessus le marché ! » lança comme une dernière perche Anne-Laure, toujours disposée à confesser son prochain afin de lui offrir une ultime possibilité de rédemption.

« Il n'y a rien à expliquer. Maintenant, c'est trop tard. De toute façon, vous serez bientôt mis au courant, rassurez-vous. »

Ils se regardèrent, interloqués. S'interrogèrent du regard. Cherchèrent en vain ce que tel savait, ou ce que telle avait dissimulé. Blessé, Tanguy s'enfonçait dans son mutisme. Anne-Laure faisait tourner distraitement une cuillère au fond de son bol. Thibault cuvait encore. Clara, sourcils froncés, sollicitait une réaction de la part d'Eric qui, en retour, l'invitait à l'apaisement. Quant à Bérengère, elle s'occupait maintenant les mains à servir tout le monde en jus d'orange. Elle avait les gestes doux et empressés d'une infirmière relevant les mutilés après un bombardement.

Mais si bombardement il y avait bien eu – du petit déjeuner si bien préparé ne restaient que des reliefs peu ragoûtants – en fait d'hallali, par contre, force était de constater qu'il ne s'était rien passé. Après un premier mouvement de colère, la perplexité prévalait parmi les personnes présentes. Antoine était déçu. Contre toute attente – même Paul était en dessous de tout –, il sentait la partie finie faute de combattants, ou plutôt faute d'arguments à lui opposer. Car le fait est qu'en ne révélant rien, en ne jetant en pâture à ses amis qu'un comportement insaisissable, il ne prêtait le flanc à aucune critique. D'où un sentiment général de frustration. C'était l'heure des ventres pleins et de la mollesse des corps ; le tout baignait dans une lumière insistante, de celles qui creusent les cernes et font les cheveux sales. Une fois encore, la vie ne tranchait rien, ne résolvait rien. Exaspéré, Antoine était résolu à lui donner un coup de main.

« Quoi, c'est tout ? Vous déclarez forfait ? s'exclama-t-il. Vous voyez Cécile en larmes, je vous dis que je la quitte, je vous dis que vous-mêmes n'êtes que des potiches, et vous qui vous autoproclamez mes amis, vous qui m'aimez tant, vous ne cherchez pas à en savoir plus ? Mais vous avez peur de quoi ? De la vérité ? Parce que ça tache, la vérité, ça éclabousse ? Mais comment faites-vous pour ne pas mourir de honte ? Et toi, Virginie, comment fais-tu pour ne rien dire ?

— Comment ?

— Nom de Dieu, Virginie, réveille-toi ! Tu es sûre que tu n'as rien à nous raconter ? » insista Antoine, furieux que Virginie pût se battre avec les mêmes armes que lui.

« Rien du tout, non. Je ne vois pas où tu veux en venir.

— Où je veux en venir ? Mais je ne sais pas, moi, tiens par exemple, à la manière dont tu t'es fait ce joli monocle violet, ma jolie. Dis-nous tout, s'il te plaît. »

La panique s'empara de Virginie. Elle chercha du secours sur le visage de chaque convive, mais n'y trouva qu'une soif inextinguible d'en savoir plus.

Maintenant, c'était à elle de parler. Mais pas un son ne sortit de sa bouche. Antoine était fou, un fou dangereux, elle en était certaine. Il lui sourit d'une drôle de façon :

« Qu'est-ce que tu as ? Un trou ?

— Je n'ai rien à dire.

— Réfléchis bien.

— Je ne vois pas de quoi tu parles.

— Mais d'hier soir, enfin. De nous deux. Dans la cave. Tu as la mémoire si courte ? »

Cette fois, il n'était plus question de musée de cire et de toiles d'araignée. Tout le monde venait d'être fossilisé vivant dans un silence de plomb. Tous les yeux étaient vrillés sur Virginie. Déjà, son mutisme provoquait un début de suspicion, notamment chez Etienne, suspendu aux lèvres de sa femme avec un regard implorant. Quant à Cécile, tout juste réapparue, elle n'était plus bonne qu'à se laisser choir lourdement sur une chaise, les bras ballants, en se demandant quel cataclysme allait encore lui tomber sur la tête.

« Qu'est-ce que c'est encore que cette histoire de cave ? » demanda-t-elle dans un murmure qui fit l'effet d'une détonation.

Toujours rien. Virginie pleurait, le visage dans les mains. Chacun de ses reniflements l'accusait un peu plus de ce qu'elle n'avait pas fait.

« Virginie, réponds ! » ordonna Etienne sans succès, avant de se résoudre à s'adresser à Antoine : « Mais dis quelque chose, toi, pauvre malade, puisque tu sembles en mourir d'envie ! »

Des cris, à nouveau. Antoine fit mine de se rengorger. Mais derrière la façade, au tréfonds de son être, quelque chose, à nouveau, s'était mis à bouger. Sans doute l'abdomen. Il fallait que ça sorte, maintenant, que ça sorte complètement. Il se cala sur sa chaise avec une application et une lenteur de conférencier. L'exaspération générale était palpable.

« Voilà, Etienne, j'y viens... Laisse-moi le temps, tu veux ? »

Autour de la table, ce ne furent qu'échanges d'œillades excédées, soupirs et haussements de sourcils. Antoine en prit bonne note.

« Chers amis, déclama-t-il, si j'ai bien compris, c'est donc à moi qu'incombe la lourde responsabilité de vous raconter comment notre belle et pulpeuse Virginie a attrapé ce très vilain coquard qui ajoute au noir de ses beaux yeux une touche de bleu. »

Après la farce grand-guignolesque, la grandiloquence. Il ne manquait plus que ça.

« C'était hier soir, à la cave. Quand je suis allé chercher du champagne pour vous soûler à mes frais, notre star nationale a décidé de m'emboîter le pas, comme toujours sublime et totalement indifférente à l'effet qu'elle pouvait provoquer sur la victime mâle présente, en l'occurrence votre serviteur. Elle était là pour m'aider, soi-disant... »

Antoine s'interrompit. Il jeta un coup d'œil sur Virginie, prête à bondir, juste pour s'assurer qu'elle lui laisserait le temps de terminer sa phrase.

« Mais moi, j'aimerais que l'on m'explique pourquoi, au fond de cette cave et à cette heure-là, et dans l'état où nous étions tous les deux, elle a cru bon de mettre ses bras autour de mon cou en roulant du popotin... »

Il termina sa phrase en tombant lourdement sur le sol. Dans un rugissement, Virginie s'était ruée sur lui pour le massacrer. Tout le monde s'était levé dans un même réflexe mais ce fut Etienne qui, le premier, empêcha sa femme de mordre et de griffer Antoine jusqu'au sang. Non pas qu'il voulût épargner ce dernier, mais il voulait connaître la fin de l'histoire.

Cette fois, la chute avait entièrement éjecté de son trou l'énorme force noire qu'Antoine sentait grandir en lui. Il était résigné désormais à s'en remettre à elle corps et âme, quel que fût le prix final à payer.

« Décidément, déclara-t-il posément en s'époussetant les fesses sous les yeux de Virginie, c'est une manie chez toi de te jeter sur moi... »

On la retint de nouveau. Elle savait que le mal était fait. Le doute venait d'être instillé dans l'esprit de chacun. Les plus sincères des démentis ne feraient maintenant qu'accélérer les effets du poison.

« Où en étais-je ? Ah oui. A Virginie qui, toutes rondeurs dehors, était en train de me faire la danse du ventre en caressant ma nuque, le tout au rythme de la musique qu'on entendait au-dessus de nos têtes... », reprit Antoine, tandis que Virginie, en larmes, répétait inlassablement que tout était faux. « A ce moment-là, que croyez-vous qu'il soit arrivé ? Je vais vous le dire. J'en ai eu marre, de Virginie et de toutes les Virginie du monde, marre des faux-semblants, de l'hypocrisie, de la pudeur et des garces impunies. Alors qu'est-ce que j'ai fait ? Eh bien, très légitimement je crois, et comme l'aurait fait n'importe quel homme de Cro-Magnon avant qu'on le bassine avec les droits de la femme et toutes ces conneries, j'ai attendu qu'elle me tourne le dos, je l'ai coincée contre les casiers de bouteilles, je lui ai peloté ses gros nibards bien chauds, puis j'ai baissé mon froc et j'ai soulevé sa jupe, j'ai vu sa belle croupe briller dans la pénombre et j'ai tenté une saillie qui, à en juger par la réaction de notre amie, n'a pas été appréciée à sa juste valeur. Elle m'a collé une gifle. Autant éteindre un incendie avec un gobelet de flotte. Inutile de préciser que je ne me suis pas laissé faire et que je lui ai collé mon poing dans la tronche. D'où le coquard de Virginie. D'où son mutisme. D'où sa gêne et ses pleurnicheries. Qu'est-ce que vous en dites ? »

Dans un premier temps, personne ne put articuler un mot. Chacun resta bouche bée, les yeux fixes. Puis, une à une, les têtes pivotèrent, quittant l'image de Virginie prise d'une crise de nerfs pour se fixer sur celle, autrement plus passionnante, d'Etienne. Lequel resta d'abord muet, victime de ce que, au théâtre, on appelle un passage à vide, avant de s'animer enfin, relancé par un souffleur invisible, pour poser la question qu'on attendait de lui :

« Antoine, rassure-moi, tu ne viens pas de me dire que tu as essayé de violer ma femme ? »

Et Antoine de lui répondre sans se démonter le moins du monde :

« Mais si mon grand, qu'est-ce que tu crois, c'est exactement ça. Nous sommes amis, n'est-ce pas ? Et les amis doivent partager, c'est vous-mêmes qui le disiez tout à l'heure. »

Tout alla très vite. Etienne cogna Antoine en pleine mâchoire. Chacun put voir la tête de celui-ci partir à l'horizontale, comme arrachée. On entendit le bruit du coup porté, à la fois dur et flasque, mat et mou, sec et sourd. Antoine n'avait pas choisi de provoquer le moins costaud. A présent, il gisait par terre, tombé de la chaise où deux secondes auparavant il était encore assis, jambes croisées, comme pour deviser entre amis autour d'un darjeeling fumant. La joue posée contre les tommettes froides, les mains à plat, il avait sur les lèvres pas mal de sang amer mais aussi cette phrase qu'il se répétait : « Ça a marché, bordel, enfin ça a marché... »

Il avait raison. Dans ses entrailles, c'était sorti, complètement, et tout était chamboulé. Retourné comme un gant noir, aux longs doigts de velours mais à la poigne de fer.

Eberlué, chacun le vit alors se lever en se tenant la mâchoire, puis s'ouvrir un chemin parmi le groupe. Il bouscula Etienne, en s'excusant, alla se regarder dans le miroir du salon, constata que ses paupières n'étaient frangées d'aucune patte noire et qu'aucun abdomen n'avait remplacé l'une et l'autre de ses pupilles. Puis il s'en retourna du même pas de soldat vers la salle à manger, se campa devant Etienne, prit son élan et, d'un bref mouvement du cou, lui fracassa le nez d'un coup de tête magistral.

La pièce résonna d'un craquement – le bruit d'une boîte d'œufs qui éclatent. Etienne fit quelques pas à reculons, les narines tuméfiées, l'œil fou. Regarda ses mains poisseuses de sang frais, puis Antoine, et se jeta sur lui dans un beuglement rauque où il était question de chialer sa mère et d'enculé qui allait le payer. Tous les mâles de la bande l'imitèrent. Il y eut un chaos de corps enchevêtrés. Une explosion de cris de femmes, de vaisselle cassée, de vêtements qui se déchirent, de chairs qui claquent, d'os qui encaissent. Des grognements, des aboiements de meute. Un instant debout, Antoine vacilla, s'affaissa, genou à terre... puis se redressa soudain pour reprendre l'avantage, cognant, cognant à tour de bras, géant se débattant, larmes aux yeux, dents serrées, avec la dernière énergie – celle du désespoir. Cognant, cognant toujours, et indifféremment, tout ce qu'il approchait, les femmes, les hommes, les cous, les ventres, les seins, les fronts, tout. Y compris Cécile. Et tant pis pour Luc qui reçut un coup de genou dans le bas-ventre. Tant pis pour Tanguy qui prit un coup en pleine mâchoire. On n'arrête pas un homme en rage.

11.

Le combat prit fin. Antoine resta là, dépenaillé, la chemise hors du froc, les cheveux rabattus en avant, seul combattant debout parmi les blessés. Il ressemblait à un judoka victorieux sur son tatami déserté. Plus personne ne paraissait s'occuper de lui. Plus personne n'osait, du moins. Il régnait sous ce plafond une atmosphère d'hôpital de campagne. Chacun pansait ses plaies, les uns respirant fort en se tenant le cœur, les autres, la tête renversée en arrière pour empêcher leur nez de couler davantage. Partout, ça se consolait, ça s'humectait la lèvre, ça se palpait un bleu, une contusion, un hématome. Les garçons avaient l'air hagard. Les filles rivalisaient de commentaires outrés, plus ou moins fières, tout de même, de la conduite de leurs moitiés respectives au cours de la bataille.

Antoine profita du calme pour recouvrer ses esprits. Il en avait besoin. Plus que jamais nauséeux, il s'adossa au mur. Sous son crâne, d'autres coups continuaient de pleuvoir au rythme des battements de son cœur. C'étaient les coups de marteau de sa mauvaise migraine, trop longtemps macérée dans les vapeurs d'alcool, de celles qui font jurer que plus jamais on ne boira. Il était fatigué maintenant, il en avait assez. D'un ton las où prédominait l'envie d'en finir, il déclara comme pour lui-même, mais suffisamment fort pour que tout le monde entende :

« Bon. Maintenant, vous allez tous me foutre le camp. Et plus vite que ça. »

Comme souvent, ce fut Clara qui parla au nom des autres :

« Pas question. Si on est restés, c'est pour Cécile et les enfants. Ce n'est pas maintenant qu'on va la laisser entre les mains d'un psychopathe.

— Psychopathe ? » demanda Antoine en se saisissant d'une petite bûche tombée de la corbeille à feu pendant la bagarre.

« Antoine, personne ne comprend ce que tu as, se risqua à dire Bérengère. Mais on voit. On a vu. Et maintenant, on a peur. Dans l'état où tu es, tu es capable du pire.

— Raison de plus pour ne pas envenimer encore la situation, tu ne crois pas ? demanda mielleusement Antoine en tapotant nerveusement sa cuisse avec la bûchette.

— En effet, convint Bérengère.

— Alors je répète, vous allez maintenant lever vos grosses fesses et dégager de cette maison.

— Pas sans emmener Cécile et les enfants. Quelques jours du moins. Le temps que tu te soignes. »

L'assemblée ratifia en chœur les propos de Bérengère. Sur la cuisse d'Antoine, les tapotements se firent plus rapides. Ils avaient gagné : maintenant, il était vraiment énervé.

« Vous n'êtes qu'une bande de trous du cul et je vous interdis de décider quoi que ce soit à ma place. Surtout quand il s'agit de Cécile et des enfants. Maintenant, barrez-vous et laissez-nous tranquilles. J'aimerais parler avec Cécile. Seul à seule. »

Cécile acquiesça. Alice et Vincent venaient tout juste de rentrer du jardin. Elle les tenait chacun par l'épaule, bien sagement devant elle. Une vraie photo de famille. Antoine se retint de se jeter à leurs pieds pour les couvrir de pleurs, d'amour et de demandes de pardon. Bien qu'un peu ébranlés, les autres insistèrent :

« Allez, Cécile, viens avec nous.

— Ici, c'est trop risqué. On peut te loger à la maison, si tu veux. Avec les enfants.

— Quelques jours, au moins. Vous avez tous les deux besoin de prendre un peu l'air.

— Cécile, sois raisonnable... »

Du spectaculaire, il leur fallait du spectaculaire. Quelque chose qui eût de la gueule. Alors la bûche partit comme une fusée. Il y eut des hurlements. Elle frôla plusieurs têtes en tournoyant, comme un boomerang, avant de faire voler en éclats une vitre de la fenêtre. Puis ce fut au tour de la table. Arrachée, jetée en avant, elle bascula comme une charrette qui verse dans un fossé. Il s'en fallut d'un rien pour que l'énorme masse n'allât s'écraser sur Anne-Laure et Clara. Elles n'eurent que le temps de se jeter en arrière.

Tout dégringola sur les tommettes, y compris la vie d'un homme, en miettes. Antoine, blanc comme un linge, l'avant-bras veineux, gueulait maintenant à qui ne voulait plus l'entendre qu'il fallait qu'ils partent, qu'ils pouvaient tous crever, mais qu'ils foutent le camp, putain de bordel de merde, qu'ils foutent enfin le camp. Puis il empoigna le couteau à pain et ne put dire un mot de plus : un hoquet monstrueux le souleva tout entier et, dans un bruit de tuyauterie, une vague de vomi lui traversa la gorge à la vitesse d'un torrent.

Emporté par son élan, il bascula cul par-dessus tête au-dessus du plateau de la table désormais vertical, avant de choir misérablement dans la mare de bouillie dont il était l'auteur. Un océan miniature, grumeleux de morceaux de rôti mal digérés, rouge de vin pas encore pissé et noir de ce sang d'encre qu'avait craché en lui, jusqu'à le submerger, l'araignée de son enfance, celle qu'il aurait fallu ne jamais déranger.

Tout le monde accourut. Cécile envoya les enfants jouer là-haut. Ils montèrent l'escalier à reculons, hypnotisés par la scène.

En s'affaissant à moins d'un mètre du mur, le plateau de la table avait formé avec celui-ci une sorte de fosse au fond de laquelle Antoine se débattait maintenant. Irrésistiblement attirés par les grognements de la bête auxquels se mêlait un clapotis visqueux, ses amis se penchaient à présent l'un après l'autre au-dessus du parapet en se bouchant le nez. Ce qu'ils voyaient de leurs yeux mouillés de larmes était indescriptible et pathétique. Comme ces vieux ours sales qui n'attirent plus le public et qu'à l'autre bout du zoo on abandonne à leurs déjections et à leurs pelures de melon, Antoine pataugeait dans un magma qu'une mosaïque de débris de bols semblait solidifier. Momifié dans son sarcophage, il était méconnaissable. Le masque luisant d'aliments écrasés qui lui couvraient le visage ne laissait percer que deux petits yeux de peluche, ronds et affolés. Bavant de hargne, arrosant le monde d'insanités, impuissant à se relever sous peine de glisser pour la centième fois et de retomber, misérable, le nez dans sa souille, il s'obstinait à zébrer l'air du couteau à pain qu'il avait encore en main. Ceux qui tentaient de l'aider à se relever se voyaient agonir d'insultes, aspergés de fange et voués au diable. Bérengère fut mordue au pouce, Paul griffé à l'avant-bras.

Ces derniers efforts l'épuisèrent. Conscient qu'il s'enfonçait, à chaque mouvement supplémentaire, dans les sables mouvants qui nappaient le sol, il s'immobilisa enfin, étendu de tout son long sur le dos. Le silence, sépulcral, reprit enfin ses droits. Seul un souffle rauque, montant et s'atténuant au rythme de sa cage thoracique, donnait encore vie à son corps. Pour le reste, plus rien ne se passait. Il cuvait, bien vivant, mais mort de honte et de tristesse.

On le laissa reposer en paix. A une Cécile vidée de ses larmes et de ses forces, on demandait si ça allait bien se passer. Tel proposait de rester quelques jours, telle d'avertir la police, des fois que... Chacun y allait de son petit mot réconfortant, de son accolade tendre, de son embrassade appuyée. Mais devant tant de sollicitude, Cécile restait fidèle à elle-même, c'est-à-dire fidèle à Antoine. Elle persistait à ne voir dans cette faillite que le *delirium tremens* d'un époux adoré gagné par le spleen et la banale tentation du démon de midi. Aussi se contentait-elle de secouer la tête en signe de refus, pressée que tout le monde parte, parte vite, surtout, et rassuré. Il n'y avait rien à faire pour lui, elle seule pouvait l'aider, c'était gentil de vouloir rester, mais bon, ça ne servirait qu'à empirer les choses.

Après d'interminables atermoiements, la dignité et la fermeté dont elle fit preuve eurent finalement raison de l'insistance de ses amis. Elle s'excusa encore pour tout ça. Ils lui répondirent, comme si là était l'essentiel, qu'ils ne diraient rien, qu'ils étaient des tombes.

Un par un, ils tournèrent les talons et le demi-cercle formé autour de la table renversée se décomposa. Faute de mieux, ils venaient d'accepter l'idée que leur ancien ami Antoine, un dimanche ordinaire, était devenu fou, fou à lier, qu'il n'y avait rien à faire là contre sinon les plaindre, lui et sa femme, et ses enfants, pauvres enfants. On entendit des sacs se poser dans l'entrée, des coffres de voitures s'ouvrir puis se claquer, des baisers discrets, des chuchotements froissés comme du papier de soie.

Ils finirent par partir, la conscience apaisée par une docilité qu'ils considéraient comme l'ultime service à rendre à leur chère amie. Les voitures démarrèrent. Le dernier couple à se sauver – Tanguy et Sybille – referma la porte sur les glapissements d'un Antoine de temps en temps secoué de décharges électriques, juste assez lucide pour se tordre de douleur à la pensée que ses amis l'avaient quitté pour toujours.

La suite fut à l'avenant. Après avoir vu, non sans soulagement, ses derniers amis partir, Cécile trouva Antoine endormi dans son trou. Baignant dans sa fange comme un grizzli dans sa caverne, le poitrail soulevé par des ronflements d'alcoolique, il en reproduisait exactement les grognements. Elle se dit qu'elle l'aimait. Qu'elle ne l'avait peut-être jamais autant aimé. Alors elle s'agenouilla auprès de lui, indifférente à la saleté et à l'infime vaguelette tiède que produisit son corps dans cette flaque nauséabonde. Retira, avec d'infinies précautions, le couteau à pain de sa paume. Puis caressa son front moite d'enfant grippé, en lissant, du bout des doigts, les mèches humides. Elle répétait : « Pourquoi ? Pourquoi tu m'as fait ça ? Pourquoi tu es comme ça ? » avec la douceur d'une mère qui fredonne une comptine pour que son enfant dorme. Enfant, sans doute ne l'était-il plus depuis trop longtemps. Il se réveilla. Du moins ses yeux s'ouvrirent-ils. Ouvrant la bouche pour tenter de parler, il souffla une haleine de clochard sur le visage de sa femme :

« Qu'est-ce que... qu'est-ce que tu fais ?

— J'en ai marre de pleurer. Alors je cherche à comprendre ce qui peut bien se passer derrière ce front.

— Laisse-moi.

— Antoine, parle-moi. Tu m'as toujours parlé. J'ai toujours été là.

— Justement. Cette fois, j'aimerais rester seul.

— Tu ne veux rien me dire ?

— Je t'en ai déjà trop dit. Ne me force pas.

— Je ne force rien. Je t'aime, c'est tout. »

Elle le vit détourner la tête. C'est qu'il sentait la chaleur lui monter aux joues et des larmes lui piquer les yeux. Il savait que la femme avec laquelle on vit peut devenir une maman en de très rares moments. Il savait également que l'un de ces moments était venu. Il n'ignorait pas non plus l'aptitude des mots à se fluidifier au contact des larmes et à couler, désordonnés, sans qu'on puisse les retenir davantage qu'une cascade. En d'autres termes, il avait conscience que le moindre abandon, la moindre faiblesse pouvaient tout faire capoter. La tête toujours tournée vers le mur, il entendit par sa bouche, venue du fond de son thorax comme d'une tanière, gronder la chose noire :

« Moi je ne t'aime pas. Je ne t'aime plus. Je me demande d'ailleurs si je t'ai aimée un jour. Alors fous-moi le camp. »

Il avait craché cela parce qu'il le fallait bien. Il se sentait maintenant absolument vide. Plus vide que ces armes à feu qui, déchargées de leurs munitions après avoir semé la mort, émettent un son creux de jouets d'enfant.

Touchée en plein cœur, Cécile se releva pour aller s'appuyer sur le plateau de la table. Maintenant penchée au-dessus d'Antoine, et se retenant elle-même de ne pas régurgiter tout ce qu'elle avait en elle comme pitié et dégoût, elle insista avec ce que sa douleur lui laissait de désinvolture :

« Et nos souvenirs, nos lettres, nos fous rires, nos secrets, nos galères, toutes ces choses partagées pendant toutes ces années, qu'est-ce que tu en fais, Antoine ? Allez, arrête, on est entre nous maintenant. Tu ne crois pas un mot de ce que tu dis, et moi non plus. Je te connais trop bien. C'est du sacré, nous deux, tu le sais bien, et ta Marion ne peut rien contre ça. Le pire, c'est que je ne lui en veux même pas. Ni à toi, d'ailleurs. Je t'aime bien trop pour... »

Elle n'eut pas le temps de comprendre. Elle n'eut pas plus le temps de réaliser ce qu'il lui arrivait qu'une gazelle happée crue, puis avalée entière, par le crocodile surgi du calme marigot où elle était venue boire. Toutes dents dehors, gueule grande ouverte lui intimant de s'arrêter, le corps écaillé de saletés, Antoine la prit par le col puis, avec une précision d'une fulgurance insoupçonnable, la fit basculer au fond de son repaire. Le corps de Cécile s'écrasa dans la vase. Elle tenta de hurler. Elle entendit « Tais-toi ! » dans un clapot immonde. Elle essaya de mordre. Elle se débattit. Trop tard. Antoine était sur elle, ses mains comme des menottes sur les poignets de sa femme. Ils ne formaient déjà qu'une seule et même masse, compacte et gluante. Alors Cécile rua une nouvelle fois pour se dégager. En un éclair, il la gifla avec ce qu'il lui restait de force, c'est-à-dire de quoi lui briser la nuque. Maintenant elle n'était plus qu'une poupée de chiffon. Même l'haleine chaude d'Antoine ne parvenait pas à lui soulever le cœur tellement celui-ci était écrabouillé. D'une voix qu'elle ne reconnaissait toujours pas, il lui adressa cette prière en forme de requiem :

« Arrête, maintenant. Arrête de m'aimer. Arrête de me pardonner. Et écoute-moi bien : Marion, je l'ai baisée, baisée et rebaisée presque tous les jours depuis un an. Dans toutes les positions. Partout. N'importe où. Tu comprends ? Je me barre avec elle. Je me casse. Je te laisse toute seule, avec les enfants. Je plaque tout. Réponds ! Est-ce que tu comprends ? » Elle ne réagit pas. Il la gifla encore. « Maintenant, regarde-moi bien. Qu'est-ce que tu vois ? Tu vois un mec immonde qui pue la pourriture et qui est ton mari. Qui était ton mari. Tu vois un type à la moitié de sa vie, donc à demi mort, donc déjà mort. Tu as déjà vu un mort amoureux ? » Il la cogna à nouveau. « Réponds ! Réponds ! Tu as déjà vu un mort amoureux ? » Terrorisée, elle fit non de la tête. « Je ne t'aime pas, je te dis, je ne peux pas t'aimer, je ne peux plus t'aimer, comprends-le, comprends-le, nom de Dieu ! » Et comme Cécile, perdue, les yeux noyés, le nez en sang, se contentait de répéter : « Je ne comprends pas, je ne comprends pas », avec l'obstination désespérante d'un jouet déréglé, il lui saisit les avant-bras, respira leur duvet blond, ils sentaient le citron du produit vaisselle, puis regarda le visage de sa femme adorée, chignon noué à la va-vite, mal noué, cernes exquis, le prit entre les paumes et, toutes veines tendues, se mit à lui hurler qu'il n'avait plus d'amour pour elle, que la viande froide ne ressent rien, ne vibre pour rien. Après quoi, fou de désespoir, il empoigna ses cheveux, l'embrassa à pleine bouche, fit sauter d'un seul coup tous les boutons de sa chemise – il y eut dans ce geste la brusquerie joyeuse d'un propriétaire ouvrant grand les rideaux d'une chambre trop longtemps fermée au jour –, redécouvrit, émerveillé, le marbre fluide des seins que ce jour dévoilait et, devant tant de splendeur, fit descendre, puis s'immiscer, sa main tremblante jusqu'au bas-ventre de Cécile, réprima ses contorsions, évita de justesse une morsure à l'oreille, essuya un crachat et, pesant de tout son poids sur le corps de sa femme, la mit à nu, se débraguetta et, parce que rien ne pouvait empêcher cela, ni la vie, ni la mort, ni l'amour, ni la traîtrise de bouches qui servent à embrasser aussi bien qu'à mordre, la viola, la viola franchement, jusqu'à ce qu'elle hurle et hurle encore, d'un cri dans lequel, soulagé, il ne décela pas la moindre once de plaisir alors que le sien, le temps d'un spasme non partagé, se mêlait maintenant à toute cette boue qui les avait soudés. Puis il se refroqua, s'y prit à trois reprises pour se mettre debout sans poser genou à terre, déclara qu'il partait, adressa un coup de pied à Cécile qui s'accrochait à lui et, ne parvenant décidément pas à s'en défaire, la traîna sur plusieurs mètres avant de la laisser choir suffoquant et loqueteuse, là, sur la moquette du couloir.

Après ce qu'il venait de faire à sa femme, Antoine songea qu'il n'y avait pas une seconde à perdre pour finir le travail auprès de ses enfants.

A sa vue, ils éclatèrent de rire. Papa était grimé comme un clown, avec des yeux ronds, des corn-flakes dans les cheveux et du cacao au bout du nez, c'était encore plus drôle que les dessins animés à la télévision.

Dès les premières gifles, Alice fondit en larmes. Elle avait raison, c'était ce qu'il fallait faire. Vincent, ce fut autre chose. S'il serra d'abord les dents parce qu'on ne pleure pas quand on est un homme, cette expression de défi laissa très vite place à l'effroi. C'est que les coups d'Antoine redoublaient dans une frénésie qui se nourrissait d'elle-même. Entre deux claques, l'enfant lui lançait maintenant des regards implorants, arrête, papa, arrête, mais ça n'arrêtait pas, ça n'arrêtait jamais, c'était une grêle de coups de pied, de coups de poing, sur les joues, les oreilles, la bouche, n'importe où. Papa était un clown qui ne faisait pas rire, mais qui faisait pleurer ses enfants sans raison. Papa était un pitre qui frappait au hasard, jusqu'au bleu, jusqu'à l'hématome. Aucune parade possible, sinon se rouler en boule et hurler pour le calmer. Appeler maman, surtout. Mais, hélas ! maman ne pouvait plus grand-chose, elle tentait même vainement, depuis un bon moment, de le neutraliser. Il se retourna et la projeta en arrière, si fort qu'elle trébucha et tomba. En voyant leur mère se relever en grimaçant de douleur, les enfants devinrent fous et ce fut pire que jamais. Matraqué encore plus, le petit lord, joues en feu, cheveux roux en bataille. Rossée, la petite Alice, celle que son père appelait oiseau, à ce train-là elle n'était pas près de gazouiller avant longtemps. Des coups pour les deux, pour imprimer la chair et surtout la mémoire. Et puis des coups dans la télé, tant qu'on y était. Tout à coup arrachée à sa prise, elle alla valser à l'autre bout de la pièce, loin des enfants, premier signe, au moins, que la fureur de leur père s'éloignait un peu, qu'ils n'étaient plus dans l'œil du cyclone mais que celui-ci, à présent, se déplaçait vers la chambre, s'en prenant désormais aux choses, happant et détruisant tout ce qui croisait son chemin. Toujours recroquevillés dans un coin du canapé, se protégeant convulsivement à chaque nouveau geste de leur père, les enfants assistèrent, impuissants, au saccage de leur chambre. Tout y passa : les tables, les chaises, les livres, les jouets, les matelas. Dans un dernier cri, Antoine brisa toutes les vitres et, sans même prendre le temps d'admirer le désastre qu'il laissait derrière lui, il s'engouffra dans la chambre de Lise, donna un coup de pied dans le lit où elle dormait, vit le lit se renverser – il n'avait pas voulu ça, il pouvait le jurer – et Lise rouler sur le plancher pour achever sa course le nez contre le sol. Elle se réveilla dans cette position, face contre terre, et se mit à hurler de terreur. En voyant ce bébé suffoquant de panique, seul dans sa chambre en attendant qu'Alice ose venir la secourir, Antoine songea que, oui, il était allé jusqu'au bout et que l'abcès était crevé. C'est donc avec au cœur un étrange sentiment de devoir accompli, mais aussi l'impression d'être l'humain le plus inhumain sur terre, qu'il descendit au rez-de-chaussée de sa maison pour en refermer la porte. Sans doute n'en aurait-il jamais eu le courage s'il avait pu voir la scène qu'au même moment il laissait derrière lui : Cécile berçant Lise pour la rassurer ; Alice couvrant de baisers son petit frère en pleurs, l'un comme l'autre en train de se demander pourquoi leur papa avait autant détesté les dessins qu'ils lui avaient offerts pour son anniversaire.

Antoine, lui, était déjà dans sa voiture. Il démarra en trombe, fit une marche arrière tellement incertaine qu'il percuta le pilier du portail. Il recommença la manœuvre et y laissa, cette fois, son rétroviseur. Il fallait fuir, et vite. Ne pas laisser le temps à ses enfants ou à Cécile de reparaître à sa vue, ne pas se retourner et foncer.

Ce qu'il fit. Il roula pied au plancher jusqu'à Paris. Ses larmes coulaient. Non plus en silence, comme à l'aller, mais dans un flot de hurlements ininterrompus.

Il devait être dix heures du soir lorsqu'il sonna chez Marion. Au pied de cet immeuble bourgeois de l'avenue Paul-Doumer, il se sentit tout petit, mais rassuré.

Elle lui ouvrit en peignoir, les cheveux mouillés. Elle ne prononça pas un mot. Il était là, voilà tout. Il n'y avait rien à ajouter. Elle le fit entrer. Cela sentait l'après-shampooing, le confort feutré, la moquette épaisse, la quiétude. Un air d'opéra flottait à son aise dans l'immense salon. On se serait cru dans une de ces publicités où des jeunes femmes alanguies, pieds nus sur le parquet de leur appartement, n'ont rien d'autre à foutre de la journée que de bouffer des yaourts au soja ou de se démêler les cheveux à l'huile de jojoba. Après le chaos de Garanville, le moins que l'on puisse dire est que cette atmosphère lui convenait parfaitement.

Glissant sur la moquette épaisse, Marion l'accompagna jusqu'à la douche, lui proposa des serviettes propres et des vêtements d'homme, puis attendit qu'il se lave et, inquiète de le voir dans un tel état, l'invita à s'étendre tel quel, c'est-à-dire nu, histoire, précisa-t-elle joliment, d'examiner tout ça d'un peu plus près.

12.

De ce jour, Antoine ne se montra plus. Plus personne n'eut de nouvelles de lui. Du reste, plus personne ne cherchait à en avoir.

Cécile n'était que l'ombre d'elle-même. De la femme élancée et combative qu'Antoine avait aimée, il ne restait qu'une silhouette amaigrie, aux yeux cernés, aux joues hâves, qui ne supportait de compagnie que celle de ses enfants. Elle savait où Antoine se trouvait et avec qui il habitait. Mais elle ne faisait rien pour aller le chercher.

Partagée entre haine et compassion, elle ne savait plus si elle désirait ou non le revoir. Mais elle ne pouvait chasser de son esprit la certitude de son retour. Il était tout simplement impossible qu'Antoine la quittât durablement pour une banale histoire de fesses. Impossible. Viendrait un jour où les remords prendraient le pas sur le plaisir, aussi intense fût-il. Viendrait le jour où s'installerait en lui, jusqu'à l'écœurement, le dégoût.

En attendant, les seuls signes de vie que Cécile recevait d'Antoine résidaient dans les chèques qu'il lui adressait chaque mois. Sans oublier – mais une nature comme elle pouvait-elle seulement se faire oublier une fois dans sa vie ? – les rapports détaillés que la dévouée

Blandine, toujours domiciliée rue du Bac, ne manquait jamais de faire à son amie.

« Cécile, ça me fait mal de te dire ça. Mais je les ai encore vus. J'en ai le cœur battant, tu sais.

— Il reviendra. A sa place, j'en aurais peut-être fait autant. Où les as-tu vus ?

— Toujours dans le même café, à la table même où je les avais surpris la première fois. *Le Babylone*.

— Comment est-il ?

— Mauvaise mine. Ça ne lui réussit pas de s'être barré comme un salaud.

— Epargne-moi tes jugements de valeur. Comment ça, mauvaise mine ?

— Je ne sais pas, moi. Amaigri. Elle ne doit rien lui faire à bouffer, ma parole. C'est pour ça qu'ils vont au *Babylone*...

— Ou alors ce sont les nuits courtes », ajouta Cécile, qui préférait s'arroger ce genre d'allusion avant que Blandine ne s'en empare. Elle poursuivit :

« Et elle ?

— Elle ? Toujours la même.

— A savoir ?

— Pas mal, quoi...

— Très belle, tu veux dire.

— Oui.

— C'est tout ?

— Non. Je les ai vus aussi plusieurs fois au Luxembourg.

— Tous les deux ?

— Oui. Tous les deux seuls, assis au même endroit, pas loin des tennis. Une fois, elle lui tenait la main qu'il avait posée sur ses cuisses. Le pire, c'est qu'on ne peut pas dire qu'ils fassent tout pour se cacher... »

Chaque fois c'était pareil. Plus les détails s'accumulaient, plus Cécile, le cœur labouré, en redemandait, et moins Blandine se faisait prier pour les lui livrer avec une précision de procès-verbal. Pour la première, ces récits valaient mieux que rien. Quant à la seconde, elle avait beau jeu de se faire plaisir tout en ayant, de surcroît, la conviction de rendre service.

Et puis, un jour de janvier, Blandine n'eut plus rien à raconter. Cela faisait trois semaines qu'elle n'avait vu ni Marion ni Antoine dans ce quartier où, jusqu'alors, et notamment pendant les achats de Noël, ils avaient semblé s'ingénier à paraître ensemble, ici dans une boutique de luxe, là dans un bon restaurant, ou encore dans telle brocante de la rue du Bac.

Mais depuis le premier de l'an, rien. Etait-ce bon signe ? Antoine, enfin repu, allait-il reparaître enfin ? Avait-il compris que Marion, elle aussi, allait se défraîchir, sans même pouvoir lui donner le change en termes d'honorabilité, de souvenirs familiaux, de films sur les enfants tournés au Caméscope ? Cécile n'était pas loin de l'espérer lorsqu'un mardi matin, le 25 janvier exactement, le téléphone sonna dans la maison de Garanville.

« Allô ? »

Entre un million de voix elle aurait reconnu celle qui, pourtant altérée, résonna alors dans l'écouteur avec une sorte d'écho.

« Allô, Cécile ? »

Cécile ne pouvait pas émettre un son. La voix reprit :

« Cécile, c'est Marion.

— Je sais.

— Ne raccroche pas. Je t'appelle pour...

— Dépêche-toi. »

Cécile perçut qu'au bout de la ligne on reprenait très fort son souffle.

« Antoine est mort.

— Quoi ? »

Cécile tangua. Tira une chaise. S'y effondra, les jambes et la voix coupées. Reprit le combiné.

« Mais quand ?

— Cette nuit. Crise cardiaque.

— Où est-il ?

— Ici, à la Pitié. Il a eu un malaise. Dans son lit. Chez moi. On l'a transféré d'urgence. Il était trop tard. » Elle ajouta : « Il était de toute façon trop tard. »

Cécile ne releva pas. Qu'il fût mort dans son lit ou dans celui de Marion revenait au même. Antoine était mort. *Mort*. Le mot, peu à peu, la pénétrait. C'est alors que Marion eut ce mot maladroit :

« Je voulais surtout que tu sois la première au courant... »

C'était pour parler. Pour dissiper la gêne. Elle aurait mieux fait de se taire. Cécile n'attendait que ça pour laisser couler et ses larmes et ses mots.

« Hein ? La première... Ah oui... trop aimable... trop aimable, vraiment, mais un peu tard, tu sais. Sache que, pour moi, il était mort depuis longtemps, Antoine. Depuis quatre-vingt-six jours, exactement. Quatre-vingt-six jours, ça te dit quelque chose ? Quatre-vingt-six jours que je suis morte, moi aussi... » Elle craqua complètement. « C'est toujours ça, gémit-elle, lui et moi, on aura vécu et on sera morts ensemble... » Et sur cette dernière phrase sa voix se fissura avant de céder en mille morceaux. Au moins Marion, pendant tout le temps qu'elle avait fixé le téléphone sans trouver la force de le décrocher, était-elle parvenue à tarir momentanément ses larmes. Ce fut donc d'un ton aussi décidé que possible qu'elle parvint à souffler à son ancienne amie :

« Rappelle-moi. Voici mon téléphone... »

Tremblante, Cécile nota ce numéro maudit qu'Antoine avait dû composer des centaines de fois.

Trois heures après, elle rappela. Une voix inconnue lui répondit :

« Secrétariat du service cardiologie, bonjour... »

Cécile raccrocha. Elle n'était pas d'humeur à s'excuser pour une erreur de numéro. Elle recommença, touche après touche, soigneusement.

« Secrétariat du service cardiologie, bonjour...

— Mme Dange, s'il vous plaît, tenta Cécile par acquit de conscience.

— De la part ?

— De la part de Cécile Méliot. »

Trois secondes s'écoulèrent. La voix reprit, plus mécanique que jamais :

« Le professeur Dange est en ligne. Vous patientez ?

— Je patiente », confirma Cécile. Elle aurait patienté dix heures pour savoir ce que tout cela signifiait. Marion prit enfin la ligne.

« Pardonne-moi, Cécile, si j'avais su...

— Tu portes toujours ton nom de jeune fille ?

— Comme tu vois... »

D'emblée, Marion comprit que Cécile avait repris le dessus. Elle la retrouvait telle que par le passé, forte, digne, stoïque. Elle s'en serait presque réjouie si la voix, à l'autre bout du fil, n'avait continué sur le même registre :

« Question de discrétion, j'imagine... »

Marion ne releva pas. Le ton était donné. Cécile récupérait bien. Du moins était-ce dans sa nature que de ne jamais rien laisser paraître et de préférer, toujours, l'attaque à la défense. La même qui, trois heures plus tôt, s'était laissé aller aux larmes semblait déjà le regretter. Elle avait préparé une flèche. Elle la décocha sans attendre.

« Tu vois, Marion, ce qui va être le plus dur, c'est d'annoncer à mes enfants que leur père est... » Tout de même, elle flancha. Puis respira à fond et se ressaisit. « ... Que leur père est mort dans les bras d'une gourgandine. D'une poule de luxe. Ça oui, tu vois, c'est ce qui va être le plus terrible... »

Chacun de ses mots était un sac de larmes qu'un rien pouvait faire éclater. Ce qui ne manqua pas d'arriver lorsque Marion, d'une voix tranchante, l'interrompit tout net :

« Tu peux rassurer tes enfants, va.

— Ça m'étonnerait ! Ça m'étonnerait beaucoup... mais sois sans crainte, sanglota Cécile, ils vont sûrement avoir aussi mal que moi. »

Marion ne se laissa pas déstabiliser. Du même ton froid et dur comme l'acier, elle enfonça le clou :

« Cécile, tes enfants vont avoir assez mal comme ça pour ne pas, en plus, leur raconter n'importe quoi.

— Mais qu'est-ce que tu me chantes...

— La vérité, Cécile, répondit Marion. La vérité qu'il te faut maintenant accepter d'entendre. Il me semble que c'est le moment ou jamais. »

Le coup porta. Suffisamment pour que Cécile se tût un instant, et qu'elle contre-attaquât d'une manière indigne d'elle :

« Encore un de tes trucs d'embobineuse, s'emporta-t-elle sans conviction. C'est plus fort que toi, hein ? Il faut que tu charmes, il faut que tu roucoules, c'était déjà comme ça il y a vingt ans... Mais avec moi, ça ne marche pas.

— Oh que si ça va marcher ! coupa Marion, qui trouvait cette conversation surréaliste. J'ai trop de respect pour ton deuil et trop d'amitié pour toi...

— D'amitié ? »

Cécile rit franchement.

« Parfaitement, de respect et d'amitié à ton égard pour t'embobiner, comme tu dis, surtout en pareilles circonstances. Alors maintenant écoute-moi bien. Je n'ai jamais été la gourgandine d'Antoine, comme tu dis. Jamais. Pas une seconde. »

Le silence s'installa. La ligne était saturée de chuintements et de parasites. On aurait dit que des millions de gens pleuraient en même temps dans le combiné. Cécile reprit avec une voix nasale, imbibée de larmes, très faiblement d'abord puis plus fort :

« C'est monstrueux... Comment peux-tu, un jour comme aujourd'hui, me soutenir froidement ce genre de choses ? Et lui, comment a-t-il pu...

— Je te le répète et maintenant, calme-toi, articula Marion doucement mais fermement. Jamais, pas une seconde, je n'ai été la maîtresse d'Antoine. Ni lui mon amant. Mets-toi ça dans la tête, s'il te plaît, une bonne fois pour toutes. »

Cette fois, Cécile s'étrangla.

« Mais tu es encore pire que ce que je croyais », ânonna-t-elle, le souffle court, d'un ton soudain posé où ne sourdaient que les accents d'une haine sans limites. « Antoine vient juste de rendre son dernier souffle, dans le lit même où il s'est vautré avec toi pendant des mois, que tu es déjà là à le rayer de ta vie comme tu l'as rayé de la mienne... Si encore tu jouais franc-jeu, mais en plus tu mens, tu ne fais que mentir...

— Tais-toi et écoute-moi ! répéta Marion. Ecoute-moi, s'il te plaît. Fais-le pour lui. Pour toi. Pour vous deux. »

Emue par la sincérité de Marion, Cécile consentit à la laisser parler. Non sans – orgueil oblige – montrer suffisamment de signes d'impatience pour que celle-ci allât droit au but.

Marion déballa tout, à contrecœur, avec cette diction contrainte qu'ont les indics quand ils ont un calibre plaqué sous le menton.

« Antoine savait qu'il allait mourir d'une crise cardiaque d'un jour à l'autre. Il y a un an, il a subi une petite attaque qu'il a crue sans gravité. Après l'électrocardiogramme d'usage, on lui a appris que ses coronaires étaient foutues. Complètement foutues. Le syndrome de menace dans toute sa splendeur. Un syndrome rarissime, incurable, sans aucune transplantation cardiaque possible. Le verdict est tombé. Antoine savait qu'il n'avait plus que quelques mois à vivre. »

Sentant quel séisme cette sentence posthume venait de provoquer à l'autre bout de la ligne, Marion enchaîna d'une voix brisée :

« Il disait qu'au moins il allait garder son cœur jusqu'au bout. Et que c'était encore là le meilleur moyen de savoir ce qu'il y avait dedans.

— Condamné..., articula Cécile, à bout de forces.

— Irrémédiablement. La mort n'était qu'une question de mois, de semaines. C'est déjà un miracle qu'il ait passé le nouvel an. Il le savait. Avec moi, il s'y était préparé.

— Avec toi ? » demanda Cécile avec, dans le ton, un reste d'incrédulité qui poussa Marion à accélérer encore son exposé.

« A mes côtés, si tu préfères. Non pas à l'hôpital, mais dans l'appartement voisin du mien, libre depuis peu. Il ne voulait pas finir ses jours à la Pitié, il me l'avait fait jurer. J'avais obtenu pour lui une dérogation. C'était un pacte entre nous, au nom de notre ancienne amitié de lycéens, tu sais, ce genre de truc... Avec moi, il avait les soins d'un médecin. Sans les odeurs d'éther, les couloirs qui résonnent et les carrelages blancs...

— Les soins d'un médecin... ou d'un professeur ?

— Professeur, si tu préfères, je n'en fais pas une fixation. Après le bac, quand on s'est tous perdus de vue pour ces conneries d'histoires de jalousie entre filles, j'ai fait médecine. A l'internat, j'ai choisi la cardiologie. Par la suite, le hasard et les événements m'ont conduite à me spécialiser dans l'accompagnement des malades en phase terminale. »

A l'autre bout du fil, l'ironie avait cédé la place à l'attente. Juste à l'attente. Au terme d'un très court instant, Marion poursuivit avec l'autorité nouvelle qu'était censé lui conférer, aux yeux de Cécile, son statut de sommité médicale :

« Comprends-moi bien, Cécile. Je ne suis pas en train de te raconter ma vie. Ce serait malvenu. Je souhaite tout simplement ne pas ajouter une douleur à une autre. Et t'expliquer comment ça s'est passé depuis le jour où... depuis le jour où Antoine, sur les recommandations de son médecin, s'est présenté au service que je dirige à la Pitié...

— Comme par hasard... », s'enferra encore Cécile, dont l'attitude rappelait celle des accidentés de la route obnubilés par des détails futiles – une porte enfoncée, le plein à faire, un magasin qui va fermer – alors qu'ils vont mourir d'une seconde à l'autre.

« Par hasard », insista Marion, assez sûre maintenant de sa légitimité pour ne pas faillir dans la suite de sa démonstration. « C'est le hasard seul qui a conduit Antoine dans mon service. J'ai ouvert la porte et je l'ai vu, en train de régler des paperasseries au secrétariat. Je l'ai tout de suite reconnu. Lui ne savait rien de ce que j'étais devenue. Alors nous sommes tombés dans les bras l'un de l'autre, c'est vrai. Mais c'est tout. Comme de vieux amis qui ne s'étaient pas vus depuis vingt ans...

— De vieux amis... », répéta Cécile, qui, à tout prendre, préférait encore une jalousie vaine à une tristesse fondée. « De vieux amis qui ont déjeuné par la suite régulièrement dans le même bistrot de la rue de Sèvres...

— *Le Babylone*, tout à fait. C'est là que, tous les vendredis, nous déjeunions ensemble. Il appréhendait le week-end. Il avait peur de craquer. Je lui donnais du courage. Et de quoi tenir le coup. Il avait besoin de fortifiants.

— Et lui tenir la main, ça le fortifiait, je suppose ?

— Evidemment oui. Je dispensais à Antoine tout ce qu'un médecin doit prodiguer à son patient dans ces cas-là. De l'attention. De la chaleur humaine. Des gestes. Une certaine forme d'amour, en somme, mais sans ambiguïté. Que cela passe par des accolades, c'est possible. Que cela passe par des mains qui s'attrapent plus qu'elles ne se tiennent, c'est possible aussi. D'autant que, sur la fin, je lui prenais souvent le pouls, tant la moindre promenade à pied représentait pour lui un effort considérable. Alors ne va pas chercher ce qui n'a pas lieu d'être, Cécile. Je te le répète, même si c'est un peu cru à entendre, Antoine était mon malade et j'étais son médecin. Le fait que je sois une femme n'y change rien...

— Une femme à peu près regardable, si mes souvenirs sont bons, précisa Cécile, mais cette fois sans véritable rancœur.

— Peut-être. Mais là n'est pas la question. Tant mieux si j'ai pu lui offrir un peu de douceur et de joie avant qu'il ne parte... »

Cécile éclata.

« Mais pourquoi ce n'est pas moi qui la lui ai prodiguée, cette douceur, comme tu dis ? Pourquoi ? Pourquoi ce n'est pas auprès de moi qu'il est venu la chercher ?

— Parce qu'il voulait t'épargner, Cécile. Toi et tes enfants, il vous aimait trop pour vous faire souffrir. Il voulait à tout prix – je dis bien à tout prix – passer avec vous les derniers mois de sa vie comme si de rien n'était... Normalement, j'allais dire... comme un père ordinaire qui aime sa femme et ses enfants. Du moins, tant que sa fatigue ne se verrait pas trop. Après, il avait décidé de partir. C'est ce qu'il a fait. Il ne voulait pas être vu affaibli. »

Marion marqua une pause. Observer le silence était toujours le meilleur moyen pour elle d'observer également la personne avec qui elle s'entretenait. Même à distance, elle devina son interlocutrice en train de chercher autour d'elle des munitions qu'elle n'avait plus. Et, sans triomphalisme déplacé, désireuse au contraire d'éviter à Cécile toute capitulation, elle en profita pour anticiper la question que celle-ci ne manquerait pas de lui poser.

« J'avais juré à Antoine de ne rien te dire. Ce serment allait bien au-delà du secret médical. C'était une question de parole. Et cette parole, je l'ai tenue. Jusqu'au jour où j'en ai eu assez. C'était d'ailleurs un vendredi...

— Un vendredi d'octobre ? » embraya Cécile, trahissant ainsi le désir qu'elle avait d'étayer la version de Marion plutôt que de la battre en brèche systématiquement.

« Absolument. Ce fameux vendredi d'octobre où, la maladie gagnant chaque jour du terrain, je l'ai menacé de tout te révéler s'il ne le faisait pas de lui-même... C'était la veille de son anniversaire et je pensais que symboliquement...

— C'était le moment de tout nous dire.

— Exactement. L'ennui, c'est qu'il n'en a rien fait. Ou plutôt qu'il l'a fait à sa façon. Tu sais, c'était pendant ce fameux week-end...

— D'anniversaire surprise.

— Je vois que tu te souviens de tout...

— Je m'en souviens d'autant plus que je ne l'ai jamais revu depuis », précisa sèchement Cécile.

Marion ne releva pas.

« C'est ce dimanche-là, assez tard dans la soirée, que je l'ai vu arriver chez moi... complètement bouleversé... comme jamais je ne l'avais vu auparavant.

— D'accord... Mais pourquoi est-il parti ? s'impatienta Cécile. Pourquoi ?...

— Je te l'ai dit, pour ne pas vous avoir autour de lui au moment de son dernier souffle. Tu le sais mieux que moi, Antoine n'avait pas vraiment peur de la mort en elle-même. Ce qu'il redoutait, c'était de quitter la vie et tout ce qu'il aimait. En rompant toute attache avec ce qu'il avait de plus cher, en essayant désespérément de se faire oublier, il rompait déjà les amarres avec la vie. Il s'offrait le luxe d'une mort en deux temps. Avec, à son tour, l'espoir dérisoire de ne rien avoir à regretter d'autre, au moment de quitter ce monde, que de la tristesse... et de la solitude. Voilà pourquoi, aussi, il a tenu à mourir seul. Dans un désert dépourvu de photos et de souvenirs. L'idée de vous voir à son chevet au moment du dernier souffle, l'idée d'avoir à vous dire adieu lui était tout bonnement insupportable. »

Une nouvelle fois, la dernière phrase de Marion résonna dans le vide, ne rencontrant comme écho qu'un silence de mort encombré de grésillements téléphoniques. Loin, Cécile demeurait immobile, cassée, l'œil fixe, totalement anéantie à l'autre bout du fil et, de ce fil-là, pour la première fois de sa vie, elle aurait volontiers fait un nœud pour se pendre. Histoire de boucler une boucle qui, depuis presque cent jours, l'avait déjà mille fois empêchée de respirer.

Marion attendit. Ce fut presque rassurée qu'au bout de longues minutes, elle entendit la voix plaintive de Cécile remonter du néant.

« Mais au contraire, on aurait été là pour le cajoler, pour le soutenir... Les enfants auraient compris... Au lieu de ça, pendant deux jours, on a eu droit à un monstre... à un fou dangereux... Ce n'était plus Antoine... c'était quelqu'un d'autre...

— Je sais. Il m'a raconté.

— Il n'a rien pu te raconter. C'était inracontable. Pendant deux jours, je ne l'ai pas reconnu. Personne ne l'a reconnu. C'était un autre. Un animal. On devait se pincer pour se dire que ce type agressif, sale, dévastateur, ne faisait qu'un avec l'Antoine qu'on avait connu. Moi encore, je pouvais me raccrocher à cette histoire d'adultère... de parties de jambes en l'air... Il ne m'avait passé aucun détail... le sexe, le goût de la nouveauté, les souvenirs de jeunesse, l'aventure... Toi, plus belle que jamais, et brillante avec ça... Après tout, il n'était pas le premier à perdre la tête pour une jolie fille... Alors j'ai laissé faire... histoire d'en avoir le cœur net... de savoir jusqu'où il pouvait aller... Mais les autres... ses copains, ses amis de toujours... eux, ils n'ont rien compris... Tu les aurais vus... ils étaient complètement paniqués...

— Antoine aussi était paniqué. Il avait peur. Va comprendre ce qu'il y a dans la tête d'un homme en sursis, face à des gens, sa famille, ses amis, tous bien-portants, en bonne santé, qui vont continuer la fête sans lui... à vivre sans lui, et toi la première, même si tu n'y pouvais rien... Va comprendre ce qui remonte à la surface... C'est là qu'on donne tout, qu'on révèle sa vraie nature... Et puis même... va savoir si Antoine n'a pas...

— Quoi ?

— Je ne sais pas, moi, tenté quelque chose... Je me souviens qu'il m'en a parlé une fois ou deux... un truc pas possible... complètement absurde... mais ça avait l'air très sérieux...

— Mais quoi ? »

Marion soupira.

« Ne pas laisser de regrets. Etre odieux, atroce, violent, pour que vous gardiez de lui le pire des souvenirs et que sa mort imminente vous soit moins douloureuse...

— En deux jours ? Mais c'est n'importe quoi...

— Je sais, pourtant il en était capable. Il trouvait ça chevaleresque. Je me souviens, il parlait même de sacrifice. Une sorte d'ultime cadeau d'amour. Après tout, c'était dans sa logique. De son côté, il a bien essayé de bannir de sa mémoire toute image de vous pour que la séparation soit moins rude... »

Cécile eut un rire amer.

« Il aurait pu nous tuer, après tout. Là, il se serait détesté pour de bon. Il n'aurait plus rien eu à regretter en ce bas monde...

— Il y avait pensé », confirma Marion d'un ton placide qui glaça le sang de Cécile. « De même qu'il avait souvent pensé à se supprimer lui-même...

— Il aurait dû.

— Arrête, Cécile. Ne dis pas des choses pareilles.

— Il aurait dû. Plutôt que de nous entraîner dans sa chute.

— Se tuer, il en était incapable. Il aimait trop la vie pour devancer l'appel... Et puis, ç'aurait été se priver à l'avance de son unique plaisir quotidien...

— Lequel ?

— Appeler chez toi chaque jour, à l'heure des navettes d'école, en étant sûr que tu ne répondrais pas... et écouter ta voix sur ton répondeur... "Nous ne sommes pas là pour le moment, mais laissez-nous un message et nous vous rappellerons dès notre retour." Il disait que, derrière, on percevait la voix des petits... »

Cécile accusa le coup. L'émotion la submergea. Elle imaginait Antoine écoutant le répondeur avec recueillement. Puis le chagrin, une nouvelle fois, le céda à la colère. Saine, salutaire.

« Je croyais qu'il voulait oublier jusqu'au son de ma voix ?

— C'était la seule exception à la règle...

— La règle ! Le plan ! Mais quelle connerie ! C'est complètement... »

Elle ne put continuer. L'incompréhension qui était la sienne depuis des mois faisait maintenant place à une impression peut-être plus cruelle encore, celle d'un immense gâchis. A son chagrin s'ajoutait le désespoir de n'avoir pas su agir tant qu'il était encore temps, de n'avoir pas su dire à Antoine combien... Marion coupa court à ses remords :

« Tu ne dois pas t'en vouloir, Cécile. Tu ne savais pas ce qu'Antoine avait dans la tête. Personne ne le savait.

— Personne, excepté toi. Pourquoi ne l'en as-tu pas dissuadé ?

— Le dissuader de quoi ? Je n'ai su qu'après coup la façon dont il s'était comporté avec vous pendant le week-end. Avec moi, il n'était question que de tout te dire, pas de tout détruire. Ce qui a mis le feu aux poudres, c'est le coup de fil de Blandine et la scène de ménage. Ça, ce n'était pas prévu. Soudain, tout l'accusait. Il était mon amant, j'étais sa maîtresse, c'était l'évidence même. Face à cette situation qu'il n'avait pas envisagée, il a d'abord cafouillé. Il voulait te ménager et te révéler sa maladie en douceur, mais en même temps il refusait d'accréditer tes soupçons... bref, il s'est senti coincé, hésitant, pour ne pas dire furieux...

— Et alors ?

— Alors, pour en finir avec ces dérobades, il a voulu tout t'avouer, sa maladie, ses jours comptés, tout. C'était une question de secondes, il était à deux doigts de vider son sac. Mais d'après ce qu'il m'a raconté, je ne sais pas, je n'y étais pas, la dispute a pris alors un tour plus violent. Tu l'as giflé, je crois. Et c'est là que, dans sa tête, tout a été chamboulé. La vapeur s'est inversée. Toi, la femme adorée, même toi, tu le giflais. Tu avais toutes les raisons de le faire, mais pour lui c'était une souffrance de plus à supporter : tu allais vivre, peut-être refaire ta vie, et tu le frappais. Il avait gardé son cœur pour toi et tu le traînais dans la boue. Il a pété les plombs. En un éclair, il a compris quel parti il pouvait tirer de ta suspicion, de ta déception, de l'amertume que t'inspirait, après dix ans de mariage, cette banale histoire de coucherie. Tout était en place. C'était inespéré. Puisque tu voulais que je sois sa maîtresse, puisque tu le méprisais, alors d'accord, tu allais être servie. Et tes amis aussi, ça tombait bien, ils étaient tous là pour un anniversaire surprise. Il ne restait plus qu'à en rajouter. A mon insu, bien entendu. Figure-toi que, moi aussi, j'en ai été malade...

— Tu ne savais rien ? Rien de rien ?

— Mais rien ! Je te le jure sur ma mère. Il a tout improvisé, je te dis. Et c'est comme ça que je suis devenue, contre mon gré, l'instrument idéal de ton ressentiment... et de son suicide amoureux.

— Son suicide amoureux... rien que ça.

— C'était sa logique. Dans son esprit atteint, dans sa paranoïa de malade condamné, il était persuadé que quelque chose avait commencé qui ne pourrait plus s'arrêter... »

Cécile s'accorda un sourire.

« Mais il était encore plus fou que ce que je croyais...

— Fou, je ne sais pas. Amoureux fou, sûrement. De toi.

— Mais franchement, comment a-t-il pu ? Comment a-t-il pu se comporter comme ça ?

— Ça a été plus fort que lui. Il faut croire que l'amour a parfois un drôle de visage. La vie, la mort étaient en lui. Il n'était que leur pantin. Alors il a tout fait pour que la machine s'emballe. Pour que ses actes et leurs conséquences soient irréversibles. D'une certaine façon, il s'est pris au jeu...

— Au jeu ? Comment peux-tu parler de jeu ? Tu l'aurais vu, c'était absolument effrayant... Même avec les enfants, il a été... tu ne peux pas savoir...

— Si, je peux savoir. Je le sais. Il m'a tout dit. C'était abject. Et je lui ai dit ce que j'en pensais. J'ai tout fait pour le raisonner, pour le ramener à un comportement plus mûr. Dès le début, dès les premiers résultats de la coronographie, je l'ai poussé à tout te dire. Il n'y a rien eu à faire. Il a préféré se taire, il trouvait ça noble et héroïque, il souffrait en silence, mais encore une fois, en bon Scorpion qu'il était, je crois qu'il y trouvait son compte. Entre nous, c'était quand même son penchant naturel. Alors oui, c'est vrai, il a voulu aller jusqu'au bout, jusqu'à souffrir dans sa chair. Son obsession de la mort a fait le reste. Tu connaissais Antoine mieux que n'importe qui. Même en temps normal, il préférait parfois être mal avec tout le monde qu'être bien avec lui-même. C'était sa façon à lui, morbide, esthétique, romantique, d'évacuer enfin toute la pourriture qu'il estimait avoir en lui. Ça le travaillait. Il appelait ça son araignée noire... tu sais, quand il avait quelque chose dans la tête...

— Ça pouvait aller loin, admit Cécile. Mais sincèrement, Marion, au point où on en est, maintenant tu peux me le dire : il ne s'est jamais rien passé entre vous ?

— Strictement rien. Je donnerais tout ce que j'ai pour pouvoir t'en convaincre.

— Tu peux me le jurer ? Antoine aimait les femmes plus que tout..., insista Cécile.

— Je te le jure. C'est justement parce qu'Antoine aimait les femmes qu'il ne les consommait pas... et que, de ce point de vue, tu n'as rien à craindre. Les femmes, il les aimait, les convoitait, les respectait. Tu sais, il me le disait souvent : tant qu'à ne pas pouvoir les séduire toutes, autant n'en aimer qu'une. Sans regret. Passionnément. Et cette femme, c'était toi. Il t'aimait, je te dis. Il t'adorait, te plaçait au-dessus de tout. Et en plus...

— En plus ?

— Antoine ne se faisait plus aucune illusion sur les réelles motivations de l'amour physique chez l'homme. Quand je lui ai appris un jour qu'il ne s'agissait là que d'une réaction chimique due au rôle moteur de l'hypothalamus, de la dopamine et de neuromédiateurs comme l'ocytocine, le monoxyde d'azote et le glutamate...

— Pardon d'insister, mais tu peux me le prouver ?

— Quoi ? Que le glutamate...

— Je me fous de ton glutamate et de tes neuromédiateurs », trancha Cécile, nullement dupe de la fausse complicité que souhaitait instaurer Marion dans le but de détendre l'atmosphère. « Mon mari est mort ce matin. Sa dépouille se trouve à quelques mètres de toi. Alors, au risque de te paraître moi aussi un peu masochiste, je te repose la question : peux-tu réellement me prouver, je veux dire d'une façon tangible, irréfutable, qu'il ne s'est rien passé entre toi et lui ? C'est juste que je veux, une bonne fois pour toutes, connaître l'apaisement.

— Ne te fatigue pas, je te comprends, soupira Marion, redevenue sérieuse. Alors écoute-moi bien. Antoine, je l'ai vu nu des dizaines de fois, et sous toutes les coutures, tu peux me croire, parce que c'était mon patient et que je devais tout connaître de l'évolution de sa maladie. C'était aussi, et surtout, mon ami. Mais à aucun moment, même au plus fort de notre amitié, l'idée ne nous a effleurés de faire l'amour ensemble. Il t'aimait, je te dis, te désirait et t'admirait plus que tout au monde. »

Complètement égarée, Cécile resta sans voix.

« Je viens le voir », murmura-t-elle avant de raccrocher.

13.

L'enterrement d'Antoine eut lieu trois jours plus tard dans la petite église de Garanville. Cette fois, l'araignée, dans son trou noir, allait l'engloutir pour de bon. En attendant, et comme il l'avait prévu, il se retrouvait allongé roidement sur deux tréteaux, entouré de quatre cierges et de fleurs assez laides. A ceci près que l'assemblée, loin d'être clairsemée, se révélait en fait si nombreuse que l'église, peu habituée à une telle affluence, avait peine à la contenir tout entière.

Tous les parents et amis du défunt étaient présents. Une poignée d'entre eux, les plus proches, en étaient restés à cet anniversaire où ils avaient vu leur ami Antoine devenir fou. Tous, depuis, la rumeur aidant, avaient néanmoins trouvé à ce comportement un début d'explication. S'il y avait réellement une femme derrière ce chaos et si cette femme s'avérait bien être Marion, la fantasmatique Marion du lycée, alors on pouvait sinon pardonner sa démence à Antoine, du moins commencer à la comprendre.

On peut donc se figurer avec quels froufroutements outrés les têtes se tournèrent lorsque celle-ci, surgie du passé, osa apparaître en chair, en os et en tailleur noir, dans l'encadrement de la porte latérale de l'église.

Mais on ne peut guère se faire une idée de l'agitation, puis de la stupéfaction qui balaya les rangs – Blandine la première –, lorsque ces mêmes témoins, guettant, la bave aux lèvres, la réaction de Cécile, virent celle-ci se lever, les yeux fixés sur l'intruse, sortir de sa travée, se diriger droit vers elle, d'un pas qui résonna dans la nef. Et, une fois parvenue devant elle, non pas la gifler ou la repousser dehors en brandissant un crucifix, mais la serrer très fort dans ses bras et mêler ses larmes à celles de la paria, avant de l'inviter à s'asseoir entre elle et ses enfants.

La cérémonie put commencer. Alors que, sur fond d'orgue, les mouchoirs se mouillaient aux coins des yeux, Cécile se remémorait les deux jours qu'Antoine avait laissés pour unique testament.

Ainsi, il avait tout fait pour qu'on ne le regrette pas. Ultime cadeau d'amour ? Tu parles. Tentative absurde, oui. Orgueil de petit garçon. Au moins, se disait-elle, avait-il appris à mieux se connaître et, qui sait, à apprivoiser au tout dernier moment l'araignée noire de son enfance. Peut-être même s'était-il amusé comme un fou – un fou dangereux, mais amoureux –, et à cette pensée, Cécile ne savait plus s'il fallait rire ou pleurer.

Ce fut plus fort qu'elle. A un moment donné, tous ceux auxquels elle tournait le dos virent ses épaules se soulever par saccades tandis qu'elle baissait la tête en portant un mouchoir à ses yeux. Et tous, excepté Marion qui la voyait de profil, mirent une fois encore – mais cette fois à tort – ces hoquets et ces larmes sur le compte du chagrin.

Du même auteur :

GÉGÉ, Éditions Anne Carrière, 1995.
L'IMPORTUNE, Éditions Anne Carrière, 1996.
DANEMARK ESPÉRANTO, Éditions Anne Carrière, 1998.
LES BOBOS ME FONT MAL, Éditions Anne Carrière, 2003.
LES PAPAS DU DIMANCHE, Éditions Anne Carrière, 2005.
GABY, Éditions Anne Carrière, 2008.
MÊME PAS MORT, Éditions Anne Carrière, 2010.
LE RÉVEIL DU CŒUR, Éditions Anne Carrière, 2014.

PAPIER À BASE DE FIBRES CERTIFIÉES

Le Livre de Poche s'engage pour l'environnement en réduisant l'empreinte carbone de ses livres. Celle de cet exemplaire est de :
350 g éq. CO_2
Rendez-vous sur www.livredepoche-durable.fr

Composition réalisée par PCA

Imprimé en France par CPI
en avril 2016
N° d'impression : 2022806
Dépôt légal 1re publication : mars 2008
Édition 04 - avril 2016
LIBRAIRIE GÉNÉRALE FRANÇAISE
31, rue de Fleurus - 75278 Paris Cedex 06

31/2471/6